W0187269

Le jour où j'ai arrêté d'avoir peur

CINDY BRUNA
avec la collaboration de
PAULINE BONNEFOI

Le jour où j'ai arrêté d'avoir peur

HarperCollins

© 2022, HarperCollins France.

Tous droits réservés, y compris le droit de reproduction de tout ou partie de l'ouvrage, sous quelque forme que ce soit.

Toute représentation ou reproduction, par quelque procédé que ce soit, constituerait une contrefaçon sanctionnée par les articles 425 et suivants du Code pénal.

HARPERCOLLINS FRANCE
83-85, boulevard Vincent-Auriol, 75646 PARIS CEDEX 13
Tél. : 01 42 16 63 63

www.harpercollins.fr

ISBN 979-1-0339-1245-3

À toi, maman

Afin d'assurer l'anonymat de certaines personnes,
des prénoms et noms de lieux ont été modifiés.

Prologue

Face contre terre, le lâche se débat. C'est la première fois que la police l'arrête là, devant chez lui. La première fois qu'il baisse les yeux. Serrées toutes les trois devant le portail, on jubile en silence. Christie le toise avec dureté. Toi, tu adoptes une réserve prudente, mais ton regard est planté en lui comme un couteau. J'aimerais lui cracher mon mépris au visage pour toutes ces fois où j'ai hurlé en silence. Mais tu m'as trop bien élevée.

Tant qu'il contient sa tyrannie à l'intérieur de la maison, rien ne peut l'atteindre. Pour beaucoup de monde, c'est un homme respectable, un mari travailleur qui subvient aux besoins de sa femme congolaise et de ses deux filles, même pas les siennes. Un chef d'entreprise qui les a tirées de la pauvreté. Un Blanc-sauveur. Il se laisse quelques fois inviter pour l'apéro après le travail, oui, mais il repart toujours dignement.

J'ai eu peur pour nos vies ce soir-là. Dieu sait où il avait passé la soirée, mais il avait bu et il ne s'arrêterait pas là. Dès qu'il est entré dans la cuisine en posant sur nous son regard haineux, on a su qu'on ne pourrait pas l'arrêter. Il s'est employé à vider les bouteilles qu'il a pu trouver dans les placards. Les insultes et les hurlements ont commencé. Il voulait t'arracher une réaction, lire la preuve de sa supériorité dans ta terreur. Christie a appelé la police. « Vous n'avez pas reçu de coups ?

Alors on ne peut rien faire, tant qu'il est chez lui », a d'abord dit l'homme au téléphone. Christie a insisté, et quelques minutes plus tard les agents frappaient à la porte.

R. a ouvert, hors de lui.

— Qu'est-ce que vous foutez là ?

— Calmez-vous, monsieur…

— Elles racontent des conneries ! Dégagez de chez moi !

L'agent a tenté de discuter, il semblait impuissant. R. lui a claqué la porte au nez. Il s'est tourné vers nous, nous a traitées de folles avant de hurler :

— Vous me faites chier, je me casse !

Il a rouvert la porte et a passé le seuil. Une erreur. Une fois dehors, les policiers ont pu l'arrêter pour ivresse sur la voie publique. En quelques secondes, il s'est retrouvé à terre, menottes aux poignets. Pitoyable. Vaincu. Et c'était grâce à nous.

Cette nuit-là, R. est resté en garde à vue. Pour la première fois depuis longtemps, on a dormi toutes les trois dans le même lit sans avoir peur.

Le lendemain à l'aube, il était de retour, humilié mais pas brisé. On s'est dit bonjour, timidement, comme si de rien n'était. Pour une fois, on était quitte. Un partout, balle au centre.

Il ne se ferait plus avoir, il s'enfuirait avant d'entendre les sirènes. Mais le souvenir de cette nuit resterait gravé en moi. Désormais, je savais qu'il n'était pas invincible, et il savait que je savais.

Depuis quelques années, j'ai compris que je ne pouvais pas raisonnablement t'en vouloir, maman, d'avoir lié ta vie à lui. D'une certaine manière, tu n'as pas eu le choix.

Lorsque je viens au monde, tu as déjà une vie derrière toi, un parcours d'exil et de déracinement. Tu nais au Congo dans les années 1970. Là-bas, on dit qu'il faut tout un village pour élever un enfant. Tu grandis au milieu de tes oncles, tantes, cousins et grands-parents. Tu appelles tes tantes « maman », tes cousines sont tes sœurs, là-bas aucune différence. Chacun prend part à ton éducation. Au Congo, on élève à la dure. Tout le monde est logé à la même enseigne.

Dans ce pays devenu indépendant en 1960, les séquelles liées à la domination coloniale sont encore tangibles. Tu parles le lari avec ta famille, mais tu ne le transmettras pas à la tienne. Le mythe de l'homme blanc, riche et éduqué, est encore tenace. Pour toi qui es rebutée par les mariages polygames fréquents au Congo, l'homme blanc incarne une promesse d'union exclusive, d'ascension sociale et de vie heureuse. Au fond, tu as toujours espéré en épouser un, pour rompre la chaîne immémoriale qui te lie aux femmes de ta famille.

Tu étais programmée pour ne pas te méfier de mon père, ce jour où tu l'as croisé pour la première fois à la sortie de l'église, à Pointe Noire. C'est le premier homme blanc qui s'intéresse à toi, bien avant R. Il est beau, blond aux yeux bleus, un rien charmeur, en quête lui aussi d'une vie meilleure. Un homme blanc qui s'intéresse à toi, te propose de te raccompagner, n'est-ce pas justement ce que tu demandais à Dieu, dans tes prières ? Le rencontrer à quelques pas de ce lieu béni, n'est-ce pas la preuve qu'un cadeau du ciel t'est accordé ? Tu as dix-neuf ans, lui vingt-six. Il a quitté l'Italie pour trouver du travail et tourner le dos à une enfance difficile. Le lendemain de votre rencontre, il appelle chez toi pour demander la permission de t'emmener au restaurant.

Est-ce son charme, son ouverture d'esprit, sa personnalité attachante ? Ses efforts touchants pour plaire ? Ta famille l'adule. Il s'intègre dans ton pays beaucoup plus facilement que tu t'intégreras en France. Il se montre prévenant envers ta famille, qui pose sur votre relation un regard bienveillant et quand, trois ans plus tard, Christie vient au monde alors que vous n'êtes pas mariés, personne ne songe à protester. Avoir un compagnon blanc, ça rattrape tout.

Lorsque Christie a quelques mois, vous vous mariez enfin et vous envolez vers la France. Vous vous installez à Cagnes-sur-Mer. Dans ta famille, tu es la première de ta génération à émigrer, à toucher du doigt un avenir meilleur, dans un ailleurs idéalisé. Tu es celle qui ouvre la voie. Tous les espoirs sont permis.

Je nais en France à l'automne 1994, au moment où votre mariage commence à se dégrader. Papa est tombé sous le charme de Martine, l'amour de sa vie, qui lui inspire des poèmes magnifiques. Elle appelle souvent chez toi pour demander à lui parler, à croire que ni elle ni papa ne se soucient de te blesser. Tu aurais pourtant pardonné l'infidélité si seulement ton mari avait voulu rester. Vous divorcez. Pendant quelque temps, vous coupez les ponts complètement. Toi qui as quitté le Congo, tes proches, ta famille, toute ta vie pour suivre cet homme vers l'inconnu, tu es dévastée. Tu te sens trahie, abandonnée.

À vingt-trois ans, tu te retrouves mère célibataire dans un pays étranger, divorcée, sans papiers ni diplôme, sans emploi ni permis de conduire, avec deux enfants à charge. Il te faut alors chercher un travail pour nous faire vivre, car depuis son retour en France papa, qui a du mal à trouver un emploi stable, ne t'est pas d'un grand secours matériel. Mes premières années sont pour toi un tunnel de labeur et de fatigue.

Tu as vingt-huit ans, deux emplois, tu es isolée de ta famille et tu peines à joindre les deux bouts quand tu rencontres R. Confiant, bel homme, ce chef d'entreprise de onze ans ton aîné t'éblouit et te fait rire. Lui aussi est déjà papa. Tu tombes amoureuse. Tu as remarqué qu'il avait tendance à boire, mais jamais tu n'as entendu parler de l'alcoolisme ni de ses conséquences. À aucun moment tu ne t'inquiètes. Tu l'aimes, et tu te dis qu'il offrira un meilleur avenir à tes deux filles. Comment t'en vouloir d'avoir choisi ce qui t'apparaissait alors comme la voie de la sécurité ? Tu ne pouvais pas savoir que la violence était déjà en lui, prête à se développer sous de multiples formes, à étouffer notre quotidien et à épuiser nos ressources, si forte qu'elle étoufferait dans l'œuf toute tentative de contre-attaque. Si forte que, malgré nous, nous l'entretiendrons en la gardant secrète.

1

La main glissée dans celle de ma sœur, j'observe en silence l'homme qui se tient sur le seuil de notre appartement. C'est la première fois que tu nous présentes quelqu'un. Grand, fort, le sourire communicatif, R. dégage cette assurance qui gagne d'emblée la confiance des autres. Mais c'est surtout le petit garçon blond qui se dandine près de lui qui m'intéresse. La bouille timide sous des mèches dorées, Tom a tout juste mon âge et semble aussi embarrassé que moi.

Ce souvenir est le plus ancien que j'ai conservé, comme si mon existence avait démarré avec cette rencontre. Je revois l'incursion de R. et Tom dans notre univers de filles, bouleversant la routine de notre trio inséparable. Est-ce que ce changement me réjouit ? Je n'en suis pas sûre, mais puisque ce jour-là tu sembles heureuse, je me persuade que ça doit être une bonne chose. « R. nous emmène au McDo », as-tu annoncé, certaine de ton effet. Le flottement qui a suivi les présentations se dissipe aussitôt pour laisser place à des exclamations de joie. Le McDo ! Pour Christie et moi, qui mangeons toujours la même chose à la maison, sortir au restaurant est une véritable fête, surtout si celui-ci propose des burgers et une piscine à boules.

Attablés au McDo de Cagnes-sur-Mer, devant nos Happy Meal, on fait connaissance avec notre futur demi-frère, qui improvise un scénario de jeu à partir d'un dinosaure en plastique et de quelques frites. Avec Christie, on te jette des regards en coin. C'est rare de te voir aussi épanouie. Ton visage est ouvert, détendu, et tandis que tu bavardes avec R., tu me parais plus lumineuse qu'à l'ordinaire.

De l'extérieur, rien ne nous distingue des autres tablées. Nos rires, nos conversations, la complicité qui commence à s'instaurer, tout cela semble faire de nous une petite famille parfaite, et pour un instant on pourrait croire qu'il en sera toujours ainsi.

À cette époque, tu as du mal à mettre de la nourriture sur la table. Tes deux emplois ne suffisent pas toujours, et il arrive souvent que le Secours Catholique nous vienne en aide. La cantine de l'école est une bénédiction, un repas assuré. Les coupures de courant sont fréquentes dans notre petit appartement de Cagnes-sur-Mer, rien de dramatique tant qu'on a un toit sur la tête. La priorité, c'est le loyer. Tout faire pour ne pas se retrouver à la rue. Même épuisée, même convalescente après un accident qui te laisse le pied brisé, tu te démènes pour subvenir à nos besoins. Tu marches des kilomètres pour aller travailler chez Flunch, préparer les repas dans une clinique ou faire des ménages. Le lendemain, il te faut recommencer.

À qui pourrais-tu demander de l'aide ? À ta famille, aux yeux de qui tu es celle qui a réussi ? Ils t'ont vue partir la tête haute vers un avenir prometteur, et pour eux tu incarnes un espoir. Tu ne veux pas leur enlever ça. Et puis, depuis le Congo, que pourraient-ils faire pour toi ?

En ton absence, les nounous se succèdent. Tout ton salaire y passe. Il arrive parfois qu'on se retrouve seules. On apprend à se débrouiller, à se faire à manger. Christie s'occupe de moi en attendant que tu rentres du travail. Elle prépare le dîner, poissons panés purée, et on mange toutes les deux dans le salon, qui est aussi ta chambre. Tu dors sur le canapé pour nous laisser une pièce toute à nous, notre repaire.

J'ai un appétit d'oiseau. Christie montre l'exemple en engloutissant son repas en quelques coups de fourchette. Moi, je ne touche quasiment pas à mon assiette, me livrant à une guerre d'usure dont l'issue dépend de la patience de ma sœur. Son caractère affirmé, son bon sens et sa loyauté sans faille lui permettent d'assurer efficacement toutes ces tâches de petite maman. À moi, elle laisse les privilèges de l'enfance. Si par hasard tu rentres avant que j'aie fini de manger, tu te laisses émouvoir. Ta fille aînée de six ans, déjà responsable et dévouée, prend soin de sa cadette de trois ans. À nous trois, on forme une petite famille, la seule que tu aies en France, et on ne saurait être plus unies. Pour nous, l'entraide est une évidence, elle se confond avec l'amour.

Mon poids t'inquiète. Tu as peur que ma maigreur alerte l'école ou que les voisins devinent la précarité dans laquelle on vit. Nous sommes toujours impeccablement habillées, les devoirs doivent être faits, et on a intérêt à être polies et souriantes. Question de fierté. Dehors, notre pauvreté ne doit pas transparaître. Tu fais partie d'une première génération d'immigrés, celle qui refuse qu'on la remarque ou qu'on la plaigne.

Un week-end sur deux, papa vient nous chercher en voiture, Christie et moi, pour nous emmener dans sa ferme, à la montagne. Nous allons aussi dans la grande maison de R. On s'entend bien avec lui, mais celui qu'on a hâte de retrouver c'est Tom, qui vient les mêmes week-ends que nous. Ensemble, on fait des sorties mémorables, on découvre les joies du karting, des plages privées où l'on se baigne des heures entières. R. nous ouvre tout un monde, il nous initie à une douceur de vivre à laquelle nous ne sommes pas habituées.

Quelques semaines après votre rencontre, R. t'emmène dîner au restaurant pour te présenter à un collègue. Il est fier de s'afficher avec toi, fier de ta beauté, et il veut que le monde entier en soit témoin. Ça semble important pour lui, alors tu t'efforces d'être plaisante, de t'intéresser à son collègue. Tu ne te méfies pas. Le repas se passe bien, et à mesure que les verres se vident, les rires fusent autour de la table. Son ami te taquine, signe que la politesse des premiers échanges a laissé la place à une authentique gaieté. Aucun doute, tu fais bonne impression.

Ce n'est qu'en sortant du restaurant que tu comprends que quelque chose ne tourne pas rond. R. t'agrippe le bras un peu trop fort et t'entraîne vers la voiture sans desserrer les dents. Dès que vous êtes hors de portée de voix, c'est l'explosion. Pourquoi t'es-tu montrée si aguicheuse, juste sous son nez ? Qu'est-ce que son ami a dû penser de toi ? Cherches-tu à lui faire honte, à le rendre jaloux ? Son haleine avinée ne laisse aucun doute sur son état, une dispute éclate. Tu refuses de lui obéir et de monter dans la voiture.

Ta voix tremble encore des années plus tard, quand tu me racontes que tandis que tu t'éloignes à pied pour faire le court trajet jusqu'à chez toi, il te crie de revenir et te prend en chasse. Lorsque tu arrives dans le hall de l'immeuble, il entre avec toi et s'impose à tes côtés dans l'ascenseur. Tu refuses toujours de lui parler. Alors il te gifle. Aller-retour. Les deux claques retentissent dans le silence, et te laissent sidérée. Une fois à l'appartement, tu t'enfermes à double tour, sans écouter ses lamentations.

Tu te jures que tu ne le reverras pas. Au début, tu ignores ses appels, tu es sourde à ses explications. Alors il vient t'attendre à ton travail, puis à la sortie de l'école, serinant ses excuses : « Je t'aime, pardonne-moi, j'avais trop bu… » Lorsque tu ne viens pas nous chercher, il nous suit comme une ombre, Christie et moi, tout le long du trajet, jusqu'à la maison.

Sa campagne de reconquête dure des semaines. Il se montre adorable, t'envoie des fleurs, des lettres d'excuses, si bien qu'au bout d'un moment tu te laisses convaincre de la sincérité de son repentir. S'il s'accroche à ce point, c'est qu'il doit vraiment tenir à toi, non ? Déraper une fois quand on n'est pas dans son état normal, ça peut arriver. Peut-être as-tu été sévère avec lui. Tu as envie d'y croire. Envie, une fois encore, de croire à ton bonheur.

2

Grâce à l'argent mis de côté, tu finis par passer ton permis et acheter une voiture. Un pas de plus vers l'indépendance. Tu peux nous conduire chez R. le week-end, même si la route t'impressionne. Un soir, une dispute éclate. Une brouille de gamins, Christie a tapé Tom. Voyant son fils en larmes, R. explose. De quel droit ta fille se permet-elle de porter un coup à son petit garçon ? L'as-tu si mal élevée ? Tu es vraiment désolée, mais tu n'y peux rien. Ce ne sont que des enfants qui se chamaillent. Lui t'ordonne de te taire. Il veut nous mettre toutes les trois à la porte. En pleine nuit, alors qu'on est sur le point de se coucher.

Tom, Christie et moi nous serrons les uns contre les autres dans un coin du salon, transis de peur devant cette scène qui nous dépasse. On s'échange des regards effarés. C'est notre faute si R. est en colère, si la soirée est gâchée. Tom tente de le calmer : « C'est rien, papa, on faisait que s'amuser. » De ton côté, tu le supplies : tu n'as encore jamais conduit de nuit, l'obscurité te terrifie et tu ne veux pas nous mettre en danger. Mais R. ne veut rien entendre. Je croise un instant les yeux tristes de Tom, avant que tu me prennes la main et nous entraînes dehors, Christie et moi.

En silence, tu nous fais monter dans la voiture. Je vois bien que tu trembles, que tu essaies de cacher tes larmes. Tu tâches de garder ton sang-froid tout en mettant le contact. C'est la première fois que je te vois dans cet état et ça me bouleverse. Christie ne dit rien, mais me serre la main pour me rassurer. Je n'y comprends rien. C'est comme ça les disputes de grands ? Est-ce qu'on devra s'y habituer ? La voiture quitte la propriété et s'enfonce dans la nuit. Tu allumes la radio pour couvrir tes sanglots. Je m'endors sur la route.

Une semaine sur deux, papa n'oublie jamais de venir nous chercher, Christie et moi. On adore aller chez lui. Il n'a pas à faire de nous des filles bien élevées. On l'est déjà, et c'est grâce à toi. Toi qui joues les deux rôles, et nous élèves seule. Lui, il profite du bon côté, il peut se montrer cool. Dans sa ferme, on est libre d'aller où on veut, de caresser les animaux, d'observer la vie sauvage alentour. La propriété est rudimentaire, mais pour des enfants comme nous c'est un coin de paradis, notre lien à la terre.

Papa nous apprend à prendre soin des bêtes, à donner le biberon aux agneaux. On se promène en montagne avec notre vache Pépette, puis on va nourrir les oies, qui s'empressent de nous attaquer, les ingrates. Lorsqu'on trouve un faon qui a perdu sa mère, on l'accueille dans la grande famille de la ferme. Le soir, dans le salon, Christie et moi brossons ce petit Bambi, qui s'endormira au pied de notre lit.

Ici, l'ennui n'existe pas. On s'amuse aussi bien dans la neige, les pentes rocheuses ou la boue. Un rien nous sert à créer un monde. On joue aux grandes, on prétend qu'on possède un ranch, qu'on le surveille à dos de chèvre, secondées par notre chienne Pepa. Elle nous suit partout, une vraie mère louve qui aboie contre quiconque nous approche d'un peu trop près. Alors que le vrai danger viendrait plutôt de la clôture des cochons, qui nous électrocute quand on tente de pousser vers eux leur gamelle à l'aide d'une pelle en fer. Ou de l'âne imprévisible, qu'on ose à peine approcher. Mais peu importe, rien n'entame notre joie d'être ici.

Certains jours, on rejoint un petit chalet situé dans les hauteurs, sans eau ni électricité. On pique-nique tout le week-end. Il fait beau, on savoure le simple plaisir d'être ensemble. On n'a besoin de rien d'autre.

Très tôt, on fait la connaissance d'Isabelle, la nouvelle compagne de papa. Elle a de la magie au bout des doigts. Artiste qui s'ignore, elle confectionne tout un tas de belles choses avec lesquelles elle décore la maison. Ses murs, elle les repeint quand ça la prend, en jaune, en orange, des couleurs lumineuses. Elle est très créative, toujours gentille, surtout avec moi, elle m'entraîne dans toutes ses aventures. Je l'adore. C'est ma deuxième maman. Sa fille, Margaux, a l'âge de Christie. Elle est petite, boulotte, un peu casse-cou. Rapidement, on se lie de complicité, c'est une sœur de plus dans notre famille.

R. nous présente Olivia, sa fille aînée, née d'un tout premier mariage. Elle est métisse, comme nous, et déjà grande. Malgré notre écart d'âge, j'ai l'impression qu'elle nous aime bien. Moi, secrètement, je l'admire. Je la trouve belle, j'aimerais lui ressembler plus tard. Dans ses rapports avec son père, on remarque bien quelques tensions. Tu nous dis qu'elle fait sa crise d'adolescence, mais du haut de mes six ans je ne sais pas ce que ça veut dire.

Un jour, alors que vous êtes seules dans la cuisine, Olivia te met en garde. Elle a appris par son père qu'on allait venir habiter chez lui. Elle t'avertit : son père, elle le connaît mieux que personne, il n'est pas celui que tu crois. Ses vices, elle les côtoie depuis plus longtemps que toi. On doit fuir tant qu'il est temps.

Le ton grave d'Olivia te déstabilise un instant, mais très vite tu balaies tes doutes. Tu la crois jalouse. Ce n'est qu'une ado, après tout, elle craint sûrement qu'on lui vole son papa. Ses avertissements, tu ne les prends pas au sérieux. Tu ne comprends pas qu'elle cherche sincèrement à te protéger, alors même qu'il s'agit de son propre père.

Une nuit, Christie et moi sommes réveillées par un volet qui claque. Le vent se déchaîne au-dehors. Du fond de notre lit, on tremble de peur. Comme le bruit se fait assourdissant, nous prenons notre courage à deux mains et allons vous réveiller, R. et toi. Le vacarme provient de la chambre d'Olivia. R. frappe à sa porte, mais n'obtient pas de réponse. Il entre tout de même et reste stupéfait : la pièce est vide. Sa fille a filé par la fenêtre, sans doute pour rejoindre ses copains, laissant le volet battre les murs.

Pendant des heures, alors que nous sommes retournées nous coucher, il attend son retour, faisant les cent pas dans le salon. Au milieu de la nuit, tu es réveillée par les cris d'Olivia, qui t'appelle à l'aide. Tu descends, et la retrouves recroquevillée sur le sol, le nez en sang. Alors qu'il part sans un regard, tu relèves Olivia, tremblante, et l'emmènes dans la salle de bains.

Je ne sais pas ce qui te traverse l'esprit dans la confusion de cette nuit, de ces minutes où tu soignes les plaies d'Olivia, traumatisée. Te souviens-tu des avertissements qu'elle t'a donnés ? Quoi qu'il en soit, tu restes. Et tu te jettes dans la gueule du loup.

3

« Une parole porteuse de guérison est un arbre de vie, tandis que la langue perverse brise le cœur. »

Proverbes, XV, 4

J'ai huit ans quand on emménage chez R. Olivia n'est déjà plus là. La veille de notre arrivée, elle est partie s'installer en Alsace, chez sa mère.

La maison est immense et froide, pleine de lourds meubles en bois. Il n'y a jamais le chauffage. J'ai l'impression que je ne m'en rendais pas compte quand on venait seulement pour le week-end. Désormais, cette atmosphère m'oppresse. Dans cette grande bâtisse, je n'ai plus de repères. Le soir venu, je redoute le moment où on me demandera de fermer les volets. Les portes-fenêtres du salon et de la cuisine donnent sur l'obscurité du jardin. Je les ouvre et passe la tête à l'extérieur pour atteindre les battants. Dans le silence opaque de la nuit, j'ai l'impression que quelqu'un m'observe, tapi dans les arbustes, prêt à surgir à tout moment. Il reste encore trois fenêtres à fermer, puis deux, puis une. Je me dépêche de rabattre la dernière et quitte le salon plongé dans l'obscurité.

Nous avons des lits superposés, mais Christie et moi nous serrons toutes les deux dans le mien. Tu aimerais bien qu'on arrête, qu'on grandisse un peu, chacune son lit, mais cette proximité nous rassure. On a toujours dormi ensemble.

Je fais ma rentrée en CM1. Si ma nouvelle maison ne m'emballe pas, ma nouvelle école me plaît bien. Dans la cour, il y a des élèves de toutes les origines. Les Maghrébins sont les plus nombreux mais à aucun moment je ne me sens différente. Après tout, comme eux, je suis une enfant d'immigrés. Si Christie est triste d'avoir laissé ses amies dans son ancienne école, je suis heureuse de ce nouveau départ. Très vite, je me fais des copines : Sarah, Julie et Coco.

Sarah, c'est une brune pleine de vie qui ne se laisse pas marcher sur les pieds, un fort caractère sous un visage de poupée. On est inséparables. Julie est plus discrète, mystérieuse. Elle est très jolie aussi, populaire auprès des garçons. On se lie d'amitié à la cantine, et elle devient ma confidente. Quant à Coco, elle a une bouille d'ange, de longs cheveux blonds, le sourire facile et dégage une bonne humeur communicative.

Comme on me met au défi de « faire aussi bien que ma sœur », je m'applique à collectionner les bonnes notes. Bientôt, je fais partie des bons élèves, même si je suis souvent dans la lune. Que ce soit en classe, à la maison ou dans la rue, je me perds dans mon monde intérieur, c'est plus fort que moi. Dans ces moments, je ne suis plus consciente de ce qui m'entoure. Pour mon père, je suis une artiste.

Pour toi, maman, l'important est qu'on soit irréprochables en classe. Je fais en sorte que tu n'aies pas à t'inquiéter, je ne veux pas devenir un problème de plus. Tu nous parles rarement de ta vie au Congo. Tu ne nous transmets ni ta langue maternelle, ni ta foi, ni les traditions de ton pays de naissance. La continuité culturelle de ta lignée est rompue. Tu penses sans doute que celle-ci nous détournerait de notre devoir d'intégration. Pour être de bonnes petites Françaises, on ne doit pas avoir un pied dans chaque pays… Dans notre cas, la binationalité n'est pas une richesse, c'est une circonstance qu'on s'efforce de faire oublier. Comme si on devait compenser notre couleur de peau et se faire accepter.

Celle qui nous rattache à nos racines, c'est notre grand-mère. Cela fait déjà neuf ans que tu ne l'as pas vue quand elle vient passer quelques jours chez nous. Elle avait quitté Christie petite fille, et ne m'avait encore jamais vue. Quel bonheur pour toi de la retrouver. Ces années passées loin de ton pays t'avaient fait oublier le réconfort que tu ressens en sa présence. Quant à R., il t'avait rencontrée détachée de ta famille, et ça l'arrangeait bien. Il ne s'attendait pas à ce que ta mère débarque d'Afrique et vienne passer du temps chez lui.

Moi, je tombe immédiatement sous le charme de mamie. Sa grande silhouette ronde, son rire franc et ses pagnes de couleur qui tourbillonnent apportent de la gaieté dans la maison. Elle entre dans la chambre, et c'est comme si le soleil se levait. Elle capte notre attention, s'assoit sur mon lit et nous raconte tout un tas d'histoires. Mamie est fière d'être africaine. Elle porte parfois l'inscription « Libération du Congo » sur ses robes en pagne, et te parle lari. Son affection, sa chaleur et son assurance de matriarche nous enveloppent d'une tendresse réconfortante, à laquelle je me raccroche.

Mamie tient à nous léguer un héritage. Elle nous parle du Congo, cuisine des plats traditionnels qu'on savoure en apprenant à manger avec les doigts, et nous fait découvrir les chanteurs de sa génération. Mais, surtout, elle me transmet une chose qui va changer ma vie : sa foi. Pour moi, la religion est une révélation, un bouleversement intérieur. Je suis captivée par les histoires bibliques qu'elle nous raconte : la tour de Babel, Abraham, Moïse, des récits extraordinaires. J'apprends la vie de Jésus, je suis émerveillée par sa capacité à résister à toute tentation, à apporter la paix en même temps que la justice, son instinct naturel de bonté et de miséricorde. Jésus ne combat pas ses ennemis, il leur pardonne, et leur fait voir la lumière. Il fait don de sa vie pour nous sauver. Pendant son supplice, j'ai mal pour lui, mais je suis fascinée. Grâce à son exemple, je perçois ce que peut être l'amour absolu. C'est la première fois qu'on me parle vraiment d'amour. Ça n'a rien de commun avec ce qu'on voit à la télévision, dans les films et les feuilletons, ces couples passionnés qui s'aiment et se déchirent. Le vrai amour est apaisé, généreux et inconditionnel. J'ai l'impression d'avoir été privée jusque-là d'une vérité capitale. De petites graines sont dès lors plantées dans ma tête, et vont peu à peu s'épanouir.

Ma foi s'affirme. Une foi sincère, comme seuls les enfants peuvent en avoir : entière et sans compromis. Pour moi, les récits bibliques relatent des faits avérés. Les miracles accomplis par Jésus ne font aucun doute. Je les raconte à mes copines à l'école : « Tu te rends compte ? Il nous a sauvés de tous nos péchés ! Il s'est sacrifié pour nous ! » Les Évangiles sont une source d'histoires inépuisable. Mes camarades m'écoutent. Malgré notre jeune âge, notre curiosité nous mène à des conversations passionnantes. J'en évangélise mêmes quelques-unes, puisque Coco me rejoint avec Christie au catéchisme. Désormais, chaque dimanche, je m'adresse à Dieu dans une prière. Il devient mon confident. Je me sens libre de tout lui dire, j'ai la conviction que rien ne peut me séparer de son amour. Il m'aime quoi qu'il arrive. « Tu es bon, Seigneur, Tu pardonnes, Tu es plein d'amour pour tous ceux qui font appel à Toi[1]. »

Le week-end, quand Tom est là, le quotidien devient une fête. On est inséparables. On passe des heures à jouer dans le jardin, à bâtir des cabanes dans les arbres et à faire les quatre cents coups. L'été venu, R. nous aide à gonfler une grande piscine qui fait notre bonheur. On passe nos journées dehors, à bondir dans l'eau et à s'éclabousser, sous un soleil intense qui nous sèche à peine sortis. Ces moments de vie te remplissent de joie, et tandis que tu prépares un repas qu'on dévorera avec appétit, tu songes que c'est exactement ce que tu souhaitais pour nous : grandir dans la gaieté, ne manquer de rien.

Ta vie devient plus douce. Fini les jobs ingrats. Désormais, tu as un emploi stable au pressing, un emploi que tu aimes, et tu t'y accroches. Tu tiens à ton indépendance financière, même si tu dépenses une grande partie de ton salaire dans l'essence nécessaire pour le transport. Ton plaisir, c'est les courses du week-end, faire des provisions en abondance. Je viens parfois avec toi, tu m'autorises alors à glisser dans le Caddie un vernis à ongles ou un baume pour les cheveux. Mais surtout tu ramènes

1. Psaumes, LXXXVI, 5

de quoi préparer de bons repas. Fini le temps où on devait se contenter des boîtes du Secours Catholique.

C'est ce qui me marque le plus, dans cette nouvelle vie. Davantage que ma belle chambre, c'est la garantie de manger un bon repas chaque soir. Alors que j'avais toujours eu du mal à m'alimenter, l'appétit vient enfin. Désormais, tu ne recevras plus de convocation d'un enseignant qui, alerté par ma silhouette, se demande si « tout se passe bien à la maison ». Plus besoin de vitamines et de compléments alimentaires, qui du reste ne me faisaient pas grossir. Terminé les négociations à rallonge pour me faire avaler mon dîner. À défaut de me remplumer, je mange enfin « comme une grande ».

Pour notre premier Noël chez R., vous nous faites un cadeau précieux : un grand lit mezzanine pour Christie et moi, avec un bureau en dessous et un petit canapé. Tout en bois, magnifique. Désormais, notre chambre est parfaite. On peut y dormir ensemble à notre aise, et on y passe le plus clair de notre temps. C'est notre refuge. On ne s'aventure dans le salon que pour les repas, mais on n'y reste jamais longtemps. C'est là que, de plus en plus régulièrement, les disputes éclatent.

4

R. boit trop, et l'alcool le rend agressif. À mesure que son verre se vide, sa langue se délie. Tu as constaté depuis un moment que plus il buvait plus il devenait amer. Tu as beau te démener pour être cette femme parfaite qu'on t'a appris à être, rien n'y fait. À son retour du bureau, il se montre difficile. Chez lui, il est le roi. Le chef de famille. Il se fait servir, nous donne des directives, distribue des remarques blessantes si l'envie lui prend. Son attention se porte sur l'une d'entre nous, et alors il faut subir ses commentaires. Lorsqu'il t'appelle « négresse », tu ne réagis pas. Christie est la seule à lui tenir tête. La seule qui n'ait pas peur de lui. Elle lui répond et gagne du même coup mon admiration éternelle. Il comprend vite qu'il n'a pas de pouvoir sur elle, qu'elle n'éprouve ni crainte ni respect pour lui. Contrairement à nous.

De mon côté, je me mure dans le silence, j'encaisse les critiques et laisse passer la vague. Je n'ai pas la force de caractère qui me permettrait de l'affronter. À la fin du repas, il me sera permis de me lever pour débarrasser la table, donc je prends mon mal en patience. Alors que mon regard dérive malgré moi vers lui, je sens que la prochaine est pour moi : « Regarde-la, comme elle me fixe avec ses yeux… » Ses mots me déstabilisent. Il pense que je fais exprès de le provoquer, alors que c'est faux. Je ne peux simplement pas m'en empêcher. « Comme elle me regarde… Je sais que tu ne m'aimes pas. » Tétanisée, je baisse les yeux vers mon assiette. Je voudrais disparaître. Je ne suis alors qu'une enfant, et au fond j'ai plus d'affection pour lui qu'il n'en a pour moi.

Toi non plus, tu ne réagis pas. Tu es accaparée par le service et tu veilles simplement à ce que le ton ne monte pas trop haut. Tu sembles avoir pris ton parti de ses sautes d'humeur, de son vocabulaire injurieux et parfois humiliant. Penses-tu que c'est une contrepartie que tu dois subir pour conserver la stabilité de ton foyer ? Qu'une femme doit prendre sur elle et faire avec les défauts des hommes ? Je me demande parfois si tu penses à l'exemple que tu nous renvoies.

5

C'est une soirée ordinaire. Tom, Christie et moi nous occupons au rez-de-chaussée sans faire trop de bruit, car le dîner a été tendu. En débarrassant, on a entendu R. te dire des mots durs, mais on n'a pas compris ce qu'il te reprochait. Apparemment, il t'en veut. L'alcool amplifie sa colère, son insécurité, sa peur que tu lui échappes, que tu caches des choses. Il libère ses démons. De la chambre où il t'a emmenée après le dîner, on l'entend maintenant te hurler des insultes.

Nos jouets nous tombent des mains. On respire à peine, notre attention captivée par la scène invisible qui se joue à l'étage. D'habitude, les cris s'estompent au bout d'un certain temps, la fatigue suivant de près l'orage. Cette fois, on t'entend lui crier d'arrêter. Terrifiés, on accourt tous les trois devant la porte de votre chambre. « Maman ? Maman ? » Pas de réponse. On s'efforce d'écouter pour savoir quand intervenir, en se regardant dans le blanc des yeux. Tom est livide, affolé, Christie a sa mine de combattante. Des coups sourds résonnent dans la pièce. Au moment où tu appelles à l'aide, elle saisit la poignée et tente d'ouvrir, mais la porte est fermée de l'intérieur. Une voix étouffée nous parvient, une voix dans laquelle on perçoit la lutte et la détresse.

La certitude qu'il est en train de te tuer s'empare de nous, en même temps qu'un sentiment d'impuissance épouvantable.

À notre tour, on se met à crier, on tambourine à la porte. Quelque chose va basculer ce soir, je le sens dans mes tripes. Christie se reprend : « Faut appeler la police ! » On descend les escaliers à toute vitesse et elle s'empare du téléphone, quand tout à coup Tom essaye de la retenir : « Non, s'il vous plaît ! Pas la police… » Il est terrifié, terrifié à l'idée que son père finisse en prison si les autorités s'en mêlent. Pendant quelques secondes, j'ai pitié de ce petit garçon qui nous supplie. Son expression terrorisée reflète mon propre tiraillement. Te protéger, maman, est-ce trahir notre frère ? On échange des regards. Trois enfants autour d'un téléphone, une décision à prendre.

Finalement, Christie saisit le combiné et compose le 17. Elle s'empresse d'expliquer la situation à son interlocuteur, qui lui dit de ralentir, de reprendre son souffle. Alors même qu'elle recommence plus lentement, la porte s'ouvre à l'étage. On sursaute. R. sort de la pièce en vitesse, sans un regard pour nous. Christie raccroche au nez de l'agent et se précipite pour te retrouver. Je la suis, la poitrine prête à exploser. Tu es sur le lit, en un seul morceau. Effrayée, mais en vie.

6

« Un fou manifeste immédiatement sa colère, mais celui qui couvre un affront est un homme prudent. »

Proverbes, XII, 16

Il a conscience qu'il va trop loin. Quand il pète les plombs, quand il te fait du mal, et alors il implore ton pardon. Il te jure qu'il ne recommencera plus, et tu dois le croire. Je ne vois pas d'autre explication au fait que tu restes. Il a beau te blesser, nous terrifier, c'est nous qui avons pitié de lui quand il exprime du remords.

Pendant quelque temps, le traumatisme des mauvais jours s'éloigne. Le week-end, on part en famille à Aix-en-Provence pour emmener Tom à son match de foot. On a hâte de le voir jouer, depuis le temps qu'il nous parle de son équipe. Pour passer le temps, on enchaîne les jeux comme ni oui ni non. Le premier qui trouve dix voitures vertes, ses initiales sur une plaque... Quand R. est de bonne humeur, l'ambiance des trajets est légère, on devient une famille normale. Ces moments de joie simple sont mes préférés.

L'été venu, il nous emmène en vacances. Une année en Corse, une autre en Espagne, toujours tous les cinq. On passe des moments inoubliables, on découvre des paysages qui nous éblouissent, nous qui ne voyagions jamais jusqu'ici. R. nous emmène à la mer ou visiter les sites qu'il connaît bien. Pendant ces périodes de grâce, on fait le plein de beaux souvenirs. La vie est belle. Alors, on relativise. Ses accès de violence passés nous apparaissent comme des anomalies, des dérapages dus à sa consommation d'alcool, qu'il n'arrive pas à contrôler.

Pourtant, le soir où il lève la main sur moi, je n'ai pas envie de lui trouver d'excuses. On se dispute, je me montre insolente, la gifle part. *C'est tout ?*, ai-je envie de répliquer. *C'est tout ce dont tu es capable ?* Surtout, ne pas pleurer. Ne montrer aucun signe de faiblesse. Je ne veux pas devenir à mon tour sa victime. Mais, intérieurement, je suis brisée. Il a franchi la ligne, et si je suis encore plus en colère, encore plus révoltée, j'éprouve aussi le désir de disparaître.

Le lendemain matin, papa nous fait une visite surprise. R. se décompose en le voyant débarquer. Il croit que je me suis plainte et que mon père vient lui faire la peau. En fait, c'est un pur hasard s'il passe ce jour-là, mais je me garde bien de le dire. Je laisse R. mariner dans son angoisse. Sa réserve inhabituelle montre qu'il attend le moment où l'engueulade va éclater. Il doit réfléchir à une excuse pour expliquer son geste. Je jubile. Il n'a pas l'habitude d'être de ce côté-là de la peur. Plus jamais il ne me frappera après cette scène.

Mais R. n'a pas à s'en faire. Mon père ignore tout de ce qui se passe à la maison. Je ne lui en parle pas. On garde le silence, comme si celui-ci pouvait préserver papa. S'il savait, il voudrait nous sauver, c'est sûr, il sauterait dans sa voiture et irait affronter l'autre, lui demander des comptes. J'imagine la dispute dégénérer, les coups partir, la lutte qui s'ensuivrait. Peut-être que papa, qui est bien sûr le plus fort, irait trop loin. Et alors il se ferait arrêter, il irait en prison et on ne le verrait plus. On ne peut pas lui faire ça. Alors que nous on se croit assez fortes pour encaisser. Petit à petit, l'exigence de secret s'installe comme une habitude.

Depuis quelques années, papa a la charge de notre grand-père, qu'il a placé dans un hospice. De temps en temps, on rend visite à cet homme gentil et diminué. Il se montre toujours très doux avec nous. L'odeur de renfermé nous donne des haut-le-cœur, mais on tâche de l'ignorer, tout comme la vue des vieillards résignés, qui attendent la fin. Seul, indigent, sans autre visite que les nôtres, notre grand-père nous fait pitié. À chaque nouvel an, je mets dans la liste de mes résolutions qu'il faudrait qu'on aille le voir plus souvent. Avec Christie, on se promet même que jamais on ne laissera notre père seul dans un hospice.

Tout d'abord, on ne comprend pas pourquoi papa laisse grand-père moisir dans cet endroit sinistre. Puis, quand on l'interroge sur son enfance en Italie, il nous explique tout. Son père se montrait très brutal avec lui et ses sœurs. Ils préféraient leur mère, douce et aimante. À la mort de celle-ci, papa a préféré fuir sa famille et émigrer au Congo, bien qu'encore tout jeune homme. Garantir à son père âgé un toit et des conditions de vie à peu près décentes, c'est tout ce qu'il était prêt à faire pour remplir son devoir filial.

Quand mon grand-père s'éteint, l'année de mes neuf ans, je suis quand même triste pour mon père. C'est la première fois que j'assiste à un enterrement.

La mort n'est pas un tabou au catéchisme. Elle fait partie de la vie, et on ne doit pas la craindre. Christie et Coco sont avec moi. Là-bas, je me sens en sécurité, entourée de gens bienveillants. J'aime l'enseignement qu'on y dispense, c'est différent de l'école. On lit la Bible, ses paraboles, on discute du bien et du mal, on étudie le livre de la Sagesse. C'est incroyablement inspirant, même si je ne comprends pas tout. Cet univers m'aide à vivre, à être. Le dimanche, tu nous emmènes à l'église avec Christie. Je chante dans la chorale, je m'y fais des copines. On est un peu dissipées. Mais Dieu connaît notre cœur. Si on s'égare, on peut toujours revenir à lui.

Petit à petit, je me sens investie. Je vois des signes. Dieu m'accompagne, je le sens. Je teste parfois sa présence. Comme ce jour où, en retard à l'école, je m'élance dans la rue avec mon cartable. Impossible que j'arrive à l'heure, je risque de me faire disputer. Dans une prière muette, je me dis qu'il faudrait un miracle. À cette seconde, une voiture s'arrête à côté de moi. C'est une amie de ma mère : « Je te dépose ? » Je rayonne. *Demande et tu recevras.*

7

Demain, c'est le grand jour. Toute ta famille est venue du Congo pour célébrer ton mariage. Ils n'auraient raté ça pour rien au monde, tu as tout de même attendu des années avant d'épouser R. Était-ce pour te convaincre de ton choix, ou était-ce lui qui freinait les choses ? Quoi qu'il en soit, tu te projettes dans le futur avec lui pour le meilleur et pour le pire.

J'ai onze ans et je rencontre pour la première fois la plupart des membres de la famille. Ils sont tous heureux de te retrouver. La plupart des invités ne t'ont pas revue depuis ton départ du Congo. Ils nous admirent, Christie et moi. Comme on est grandes, comme on te ressemble ! Est-ce qu'on travaille bien à l'école ? Est-ce qu'on mange correctement ? C'est l'occasion pour toi et ta mère de vous mettre aux fourneaux ensemble. Les plats africains exhalent de bonnes odeurs de sauces, de bouillons, il y a de la viande, du poisson salé, une multitude de recettes pour fêter l'événement. Ça te rappelle les célébrations de ton enfance, les grandes tablées qui réunissaient la famille élargie.

Tu prends soin de chaque invité, demandes des nouvelles de tous ceux qui n'ont pas pu venir, ris avec les uns, prends les autres dans tes bras. Au milieu de cette assemblée réunie en ton honneur, tu rayonnes. Tu es dans ton élément. C'est comme si je te rencontrais pour la première fois. Tu ressors tes pagnes colorés, tu parles le lari avec ta famille, tu retrouves avec bonheur ces racines que tu avais tâché d'ignorer. Pour la première fois, je te sens fière de ces origines africaines, qui sont aussi les miennes. C'est à partir de ce jour que tu commences à nous raconter tes souvenirs, à nous cuisiner des plats congolais, à rétablir la transmission familiale. La fête te réconcilie avec ton identité.

Tu es également fière de présenter à tous ton compagnon, marquant ainsi un trait d'union entre deux époques de ta vie. C'est ton deuxième mariage, le troisième pour R. Dans cette ambiance festive, où les bouteilles défilent aussi vite que les plats, tu dois pourtant rester vaguement sur tes gardes. Tu sais ce que ton futur mari est capable de laisser échapper quand l'alcool lui délie la langue. Or, depuis quelques jours, il rabâche sans arrêt la même chose : « Quand je t'ai connue à Cagnes-sur-Mer, tu n'avais pas de famille. » L'arrivée de tes parents, oncles, tantes, frères et cousins l'a passablement agacé, et il le fait savoir. Ça ne colle pas avec l'image qu'il se faisait de toi, celle d'une femme isolée, déracinée. Il trouve leurs usages arriérés et ne s'en cache pas, et tant pis s'il manque de respect aux tiens. On voit bien qu'il cherche à les faire fuir pour t'avoir à nouveau rien qu'à lui.

Tu le surveilles du coin de l'œil, inquiète. Au début, tout se passe bien, mais un désaccord sur le placement des invités met soudain le feu aux poudres. R. lance des remarques racistes, et la discussion dégénère. « En France, c'est comme ça que ça se passe ! » Une dispute explose, le ton monte, des insultes fusent. Si, à la maison, on est habituées à ce langage, ce n'est pas le cas du reste de ta famille. Tu assistes, impuissante, à cette escalade.

De la table des enfants, je vois avec stupeur ma grand-mère, elle qui est amour et piété, attraper son gendre par le cou et le secouer de toutes ses forces. Prise d'une rage irrépressible, elle ne s'appartient plus. Elle comprend bien qu'il n'a aucun respect pour vos traditions, qu'il voudrait voir tout le monde partir, et ses provocations ont eu raison de son calme. Des cris retentissent autour de la table, on essaie de les séparer. Mamie s'accroche. Elle refuse de lâcher cet homme indigne qui parle si mal des Africains. Tes oncles parviennent à la maîtriser au prix de gros efforts.

Tu es dépassée. Jamais tu n'as vu ta mère dans cet état. Jamais tu ne l'as vue perdre son sang-froid au point de frapper un homme adulte. À cet instant, tu réalises qu'épouser R. c'est le choisir lui, au détriment des tiens. C'est accepter l'isolement dans lequel il voudrait te maintenir. Le problème, c'est que tu ne te sens pas la force de tout arrêter. Tu es trop impliquée. La famille parvient à calmer le jeu, tente de réconcilier R. et mamie. Toi, tu es résignée. Les invités se sont dérangés, certains sont venus de loin, ils ont pris l'avion. À la veille du mariage, tu ne peux plus faire machine arrière.

À travers mes yeux d'enfant, votre séparation est inconcevable. R. peut se montrer détestable, mais on doit faire avec. Pas un instant je ne nous imagine vivre sans lui, et toi non plus. Sa toile est solidement tissée autour de nous.

8

« Mon refuge et mon bouclier, c'est Toi. J'espère en Ta promesse. »

Psaumes, CXIX, 114

Cette année, je vais moi aussi célébrer un sacrement, le premier. Depuis plusieurs mois, au caté, je prépare mon baptême. J'ai pris cette décision toute seule. Ça fait maintenant plusieurs années qu'on va à l'église et que ma grand-mère continue de nous imprégner des lectures de la Bible. Je crois que ça fait plaisir à maman, même si elle n'a pas toujours le temps de pratiquer avec nous, elle qui était si pieuse dans sa jeunesse.

Je suis fière de mon choix. J'ai envie de suivre Jésus parce que je me sens libre de le faire. Dieu ne s'impose pas à nous, Il attend qu'on Lui ouvre notre cœur, qu'on Le choisisse. « Croyez-vous en Dieu, le Père tout-puissant, créateur du ciel et de la terre ? » Je crois. « Pour échapper à l'emprise du péché, rejetez-vous ce qui conduit au mal ? » Je le rejette.

Je choisis mon oncle Charles comme parrain et Isabelle comme marraine – c'est une évidence, même si elle est à présent séparée de mon père. Elle reste ma deuxième maman. Un week-end sur deux, c'est chez elle qu'on loge. Dans sa maison, elle a construit une cabane à perruches spectaculaire, faite de petites pièces, de grillages, de passerelles, le tout peint par ses soins.

Papa, qui est toujours en bons termes avec elle, nous rejoint, et on profite du temps partagé ensemble. De temps en temps, il nous emmène passer la nuit dans son petit chalet, mais en général il reste avec nous jusqu'au soir, avant de repartir chez lui. Il m'arrive alors de dormir blottie contre Isabelle, qui me caresse les cheveux. Jamais elle ne nous traite autrement que comme ses filles, et elle s'est toujours bien entendue avec toi. De ton côté, tu es rassurée de savoir qu'elle est là pour s'occuper de nous. Encore plus maintenant que papa vous a quittées toutes les deux pour Martine, avec qui il entretient une relation aussi passionnée que chaotique.

J'entre au collège. Loin de l'ambiance de la primaire, c'est le règne des ados moqueurs. Ils me prennent parfois comme cible. Dans la cour, soit on harcèle, soit on est harcelé. À la longue, ça brise certains enfants. Pas moi.

Je suis maigre, ils m'appellent Baguette. Je suis métisse, je deviens Baguette grillée. Je réponds aux insultes et je me défends, y compris face aux garçons. Je refuse d'être une victime. Les autres ont beau essayer de me blesser, les moqueries glissent sur moi. Ils ne peuvent pas le savoir, mais chez moi c'est un adulte qui nous terrorise. Un vrai dur, qui sait trouver les mots blessants pour saper notre confiance en nous. Grâce à lui, j'ai de la pratique. Je fige mon visage, je rentre en moi, je suis invincible. Je vais jusqu'à me convaincre moi-même que les insultes ne m'atteignent pas. Que rien n'est grave.

Près du collège, il y a l'aumônerie où je vais souvent passer du temps. J'y suis au chaud, je m'y sens bien. Les petites graines de sagesse continuent à germer. Les gens de la communauté m'accueillent avec gentillesse, j'aime rester auprès d'eux. C'est comme une famille. Pendant les temps de méditation, on s'assoit dans la pénombre de la chapelle, à la lueur des bougies, sur de petites chaises basses. Et on se laisse porter par la beauté des chants. Je ressens intensément ma foi. Ces instants sont très forts, ils m'apaisent et me nourrissent. Je les partage avec Coco, puisque Christie a arrêté le catéchisme après avoir reçu sa confirmation. Coco m'accompagne partout, on parle énormément, mais jamais de mon beau-père. À l'extérieur, je n'aborde pas le sujet. Ni avec mes amies, ni avec les adultes du caté. Je n'ai pas conscience de vivre quelque chose d'exceptionnel. La peur, la violence, les insultes tissent mon quotidien, c'est comme ça.

Au retour du collège, Christie et moi faisons nos devoirs et guettons l'heure à laquelle R. va rentrer. Si les 20 heures sont passées, c'est gagné ! On a l'autorisation de prendre notre repas sans lui. Le dîner est rapide, mais tranquille. On est entre nous. On peut se raconter nos journées sans se surveiller, sans crainte qu'une parole soit retenue contre nous. Si le bruit d'un moteur retentit, on se dépêche d'avaler ce qui reste et on débarrasse en vitesse pour filer dans notre chambre.

Alors, c'est un autre genre d'attente qui commence. Si R. rentre tard, on sait ce que ça veut dire. Il est allé boire chez ses copains. Plus l'heure tourne, plus les verres se vident, et on ignore dans quel état il va arriver. Assez soûl pour s'endormir, à peine assis, sur la table du salon, la tête dans les bras ? On le découvre le lendemain matin, hagard, avec un citrate de bétaïne pour faire passer sa gueule de bois. Je l'observe en me préparant pour l'école, je le trouve minable.

S'il rentre ivre et suffisamment lucide pour ne pas tomber de sommeil, c'est là qu'on doit s'inquiéter. De notre chambre, on tend l'oreille pour l'entendre monter te rejoindre. Parfois, il y a des cris. On soupèse la situation pour déterminer si on doit ou non intervenir. On s'autorise à dormir uniquement lorsque le silence se fait. À tour de rôle, on veille. Je redoute le jour où Christie partira et me laissera seule en charge des nuits. Elle a été très claire : dès qu'elle aura dix-huit ans, elle quittera la maison.

9

Je me demande parfois d'où vient cette agressivité, qui gâche jusqu'à son propre bonheur. Pourquoi R. fait régner la terreur à la maison alors qu'on aurait tout pour être heureux. Pourquoi ce besoin de domination, cette envie d'écraser les plus fragiles ? Un monstre, ça ne se crée pas tout seul. Doit-on blâmer son éducation, la société ?

R. est issu d'une famille aisée. Il nous arrive de passer les vacances chez ses parents. Ils ont une grande maison, avec un jardin et une piscine qui fait notre joie. Chez eux, on fonctionne à l'ancienne. Les filles dans une chambre, Tom dans une autre. Nous n'avons pas la permission de dormir tous ensemble, comme on aime le faire. Finalement, un compromis est trouvé : on reste dans la même chambre, dans des lits séparés.

Le matin, on se lève à 8 h 30, vacances ou non. Il faut être calmes, ne pas faire trop de bruit, ne pas faire de bêtises, ne pas s'éclabousser dans la piscine. Souvent, la mère de R. nous gronde, elle nous trouve agités. Son père est plus tolérant, même si, à certains propos qui lui échappent, on devine qu'il a lui aussi été un chef de famille autoritaire, attaché à l'ordre et à la tradition. Avec nous, il est gentil, et il laisse sa femme faire la police.

Malgré une ambiance parfois austère, la joie qu'on éprouve à être en vacances ensemble prend le dessus. Mais pour toi les problèmes ne disparaissent pas, car même chez ses parents R. n'hésite pas à se montrer violent. Tu me racontes qu'un soir, après un repas et alors que tout le monde est couché, une scène éclate dans votre chambre. Alors qu'il déchaîne sa colère sur toi, tu appelles à l'aide : « Mamie ! Mamie ! » Ta belle-mère finit par entendre. Elle essaie d'ouvrir la porte, fermée à clé. Quelques secondes plus tard, R. lui ouvre. L'air détaché, surpris de la voir.

— Est-ce que tout va bien ? te demande-t-elle.

Elle doit bien voir tes yeux rouges, ton air essoufflé alors que, assise sur le lit, tu tâches de faire bonne figure. Tu pourrais parler, mais tu ne le fais pas.

— Oui, ça va, tu réponds.

R. continue de faire comme si de rien n'était.

Ta belle-mère ne te reparlera jamais de cet épisode. Elle retirera simplement les clés de toutes les pièces avant notre venue.

En dehors de nous, tes filles, de ta mère et de tes rares amies, tu n'as pas grand monde à qui te confier. De toute façon, par pudeur, honte ou fierté, tu caches ta souffrance. Tu laisses croire que ton mariage est parfait, peut-être pour t'en convaincre aussi. La voisine prend le parti de R., qui va régulièrement se plaindre chez elle. Cette femme s'occupe seule d'un mari handicapé, qu'elle doit faire manger à la cuiller, essuyer quand il bave. Son isolement la rend réceptive aux confidences. Et si tu ne te plains jamais, R., lui, n'hésite pas à s'épancher. Il sait que la voisine est malheureuse, et que les malheurs s'attirent. Sa maison devient son refuge. Il s'y rend parfois en plein milieu de la nuit, après une dispute ou simplement après avoir bu.

Elle le fournit en alcool, continue de le faire boire, comme si elle ne voyait pas que chaque verre supplémentaire empire son état. Quand il rentre, il se montre odieux.

Peut-elle ignorer l'enfer qu'il te fait vivre ? De son jardin, elle entend peut-être les cris, les disputes. À quel moment comprend-on qu'un foyer a basculé dans la violence ? Il y a cette soirée où R. te jette dehors après une dispute. Sans clé. Christie et moi sommes en week-end chez papa, tu te retrouves à la porte pour la nuit. Tu sonnes chez la voisine, en vain. Vers 2 heures, elle rentre chez elle et te découvre dehors, en pyjama. Tu expliques que R. a bu, s'est énervé et t'a mise à la porte. Elle te fait entrer, et tu restes jusqu'au matin. Vous n'en reparlez pas. Malgré ça, elle continue de le recevoir et d'arroser ses confidences.

Tu as arrêté de travailler au pressing. Tu es désormais secrétaire dans l'entreprise de ton mari, c'est lui qui t'a trouvé ce poste. Il a pensé que ce serait plus pratique pour le transport, moins pénible pour toi et, surtout, il préfère t'avoir à l'œil. Ça lui permet de faire le ménage dans tes relations, pas toujours avisées selon lui. Les collègues du pressing, tu peux les oublier. Maintenant, tu passes tes journées au milieu de ses employés, des gens qu'il connaît, et qui ont de l'estime pour lui. Il te reste encore quelques amies, contre lesquelles il livre une guerre d'usure qu'il finira par gagner.

À table, tu insistes souvent pour qu'il te témoigne du respect au bureau ; tu fais partie de l'équipe, au même titre que les autres. À la maison, en tout cas, il ne t'en témoigne aucun. Comment se fait-il que tu aies le cran de tenir tête au patron, mais pas au mari ? Où est passée ton indignation ? Dans le cadre privé, rien ne l'arrête. Parfois, il se promène nu pour nous mettre mal à l'aise, nous rappeler qu'on est chez lui, qu'il fait ce qu'il veut. Il boit s'il veut, il nous insulte s'il veut. Christie et moi, on rase les murs. L'air devient irrespirable. Je passe le plus de temps possible à l'aumônerie. Là-bas, je peux faire mes devoirs, discuter en paix avec Coco, loin de l'ambiance étouffante de la maison.

Depuis quelque temps, vous parlez d'avoir un enfant. Je prie de tout mon cœur pour qu'un bébé vienne bénir votre union. On se persuade que si tu réussis enfin à tomber enceinte tout finira par s'arranger, c'est sûr, R. changera forcément avec l'arrivée d'une petite sœur ou d'un petit frère providentiel, ambassadeur de paix. Je comprendrai plus tard que ne pas voir son souhait exaucé est parfois un cadeau.

Dans mes prières, je ne souhaite jamais qu'il parte. Je souhaite qu'il guérisse. Ce n'est pas lui le problème, c'est son addiction à l'alcool, qui lui fait perdre tous ses moyens. Autrement, comment expliquer ces moments où il peut être si lumineux ? Quand il est détendu et de bonne humeur, et qu'il joue aux boules avec nous dans le jardin. Quand il nous emmène passer un week-end au Futuroscope avec Tom. On croirait qu'il y a deux personnalités en lui. Je ne voudrais chasser que la mauvaise, mais je ne comprends pas encore qu'elles sont les deux visages d'un même mal.

10

Il est parti. Vous avez dû vous disputer très fort, et il s'est enfui. Ça lui arrive de temps en temps, depuis la nuit où les policiers l'ont arrêté devant la maison. Mais cette fois il n'est pas revenu. Les jours défilent, puis les semaines. Tu es effondrée, plus misérable que jamais. Tu pleures tout le temps et il n'y a rien qu'on puisse faire pour t'apaiser. Quand tu pleures, tu te fermes. Tu ne veux pas qu'on te réconforte. Ça me fait deux fois plus de peine. Son absence se ressent dans toute la maison. Dans le salon, deux photos de mariage géantes occupent toujours la moitié du mur, sans parler de celle encadrée au-dessus du lit. Vous y prenez la pause, sourire béat et regard fixe. Le souvenir d'un mariage heureux. On y croirait presque.

Tu te traînes de la cuisine au salon, les yeux dans le vague, indifférente à nos bavardages de collégiennes. D'un jour à l'autre, on est passé d'un état de tension maximale au silence. Un silence très lourd, plombé par l'incertitude, presque aussi menaçant que sa présence à lui. On en viendrait presque à regretter l'éclat de la tension. Il te faisait pourtant du mal, ça ne pouvait pas continuer comme ça, mais maintenant c'est comme si on t'avait arraché le cœur. À te voir si triste, je ne ressens pas le soulagement que son départ pourrait me procurer. Tu l'aimes pour de vrai, n'est-ce pas ?

Vous entamez une procédure de divorce. On est tout près d'être débarrassées de lui, et pourtant je prie jour après jour pour qu'il te revienne. Je voudrais te voir sourire à nouveau, mais tu dépéris à vue d'œil. Christie s'en agace parfois. Aurais-tu oublié tout le mal qu'il t'a fait ? Ce qu'on ressentait lorsqu'on l'attendait toute la soirée sans savoir s'il allait s'en prendre à toi ou s'écrouler ivre dans le salon ? Les nuits d'angoisse, à tout tenter pour calmer sa fureur, à subir ses cris et ses coups ? Ça ne pouvait pas durer. Tu reconnais que, bien sûr, il lui arrive de se comporter très mal. Mais c'est la faute à ceux qui l'encouragent à boire, à l'extérieur. La faute à l'alcool. Des excuses, on en trouve toujours.

Un jour, en rentrant de cours, je décide de prendre les choses en main pour nous sortir de l'impasse. Je vais établir un règlement, un genre de pacte que R. devra lire et approuver s'il veut revenir. Ils nous en font signer un à l'école, c'est que ça doit marcher. Je m'installe à la table de la cuisine, je sors une feuille vierge de mon classeur d'histoire et, de mon plus beau stylo-plume, j'écris avec application :

Règle numéro 1 : arrêter le rhum.

Règle numéro 2 : un seul verre de vin à table.

Règle numéro 3 : interdiction de s'insulter.

S'il respecte ces règles, vous ne vous disputerez plus et tu seras heureuse. Satisfaite, je prends mon goûter en attendant ton retour, impatiente de voir ta réaction. Je suis convaincue d'avoir trouvé le moyen de te sauver. Quand tu rentres du travail, je te tends solennellement le document. Tu le parcours des yeux et me renvoies un sourire triste avant de me demander d'aller faire mes devoirs, car il est déjà tard. Je n'aurai pas plus d'explications. Déçue, je pars dans ma chambre.

Vous avez discuté. C'est trop bête de se séparer comme ça, alors vous allez essayer d'arranger les choses. Et tant pis si la convocation au tribunal est dans quelques jours. « N'y va pas, on va recoller les morceaux », dit-il. L'idée est tentante. Mais un doute subsiste. Et si R. en profitait pour s'y rendre seul ? S'il donnait sa version de l'histoire, te faisait passer pour la fautive ?

Le risque est trop grand, notre avenir est en jeu. Alors, malgré ta promesse, tu te rends au tribunal le jour où doit se conclure la procédure. À l'intérieur du bâtiment, aucune trace de lui.

À peine es-tu sortie, soulagée, que tu l'aperçois. Embusqué dans sa voiture, dans la rue qui fait face au tribunal, il t'observe, l'œil fixe. Il sort et s'avance. Sur tes gardes, tu t'empresses de lui dire que non tu n'es pas allée à la séance, comme vous l'aviez décidé. Tu es juste entrée, avant de ressortir aussitôt. Il te propose de monter, il va te conduire à l'endroit où tu as garé ta voiture. Tu montes, il démarre. Mais, au lieu de se diriger vers le parking, il s'éloigne du centre-ville. Tu oses demander : « Où vas-tu ? » Pas de réponse. R. passe les vitesses les unes après les autres. Il quitte la ville et roule comme un fou sur les routes de campagne. Tu es terrifiée, mais tu ne veux pas le montrer. Surtout, ne pas l'énerver. Enfin, il laisse libre cours à sa colère. Il se sent trahi. Humilié. La rage le fait trembler, son regard te fait peur. Tout à coup, tu es saisie de la certitude qu'il va te tuer. Que va-t-il arriver à tes filles ? Va-t-il leur dire que tu es partie, que tu les as abandonnées ? Vont-elles chercher ton corps pendant des années avant de te retrouver ?

Tout un tas de questions te submergent tandis que R. quitte la route principale pour s'engager dans un petit chemin de terre, ce qui l'oblige à ralentir. Portée par la peur, tu ouvres la portière et tu te jettes hors de la voiture. Tu t'écrases au sol, où tu roules pendant quelques secondes avant de te relever. Tu t'élances en courant sur l'axe routier que vous venez de quitter. Avant que R. puisse te rattraper, tu arrêtes une voiture et prends à témoin le conducteur : « Mon mari risque de me tuer, prenez la plaque d'immatriculation, s'il vous plaît. Je suis obligée de remonter avec lui, mais s'il m'arrive quelque chose, vous saurez. Promettez-moi que vous donnerez les éléments à la police. J'ai deux filles. » Paniqué, le conducteur te demande si tu es sûre de vouloir le rejoindre. Il prend en note la plaque, et vos noms.

R. s'approche de toi. Il a garé la voiture sur le bas-côté, et t'ordonne de remonter immédiatement. Tu te tournes une dernière fois vers le conducteur et le remercies d'un regard avant de rejoindre R. Tu sais qu'il ne tentera plus rien. On vous a vus, un tiers s'en est mêlé. La crise est désamorcée. Vous rentrez en silence.

Le soir, tu nous répètes ce que tu nous as déjà dit : « Si un jour il m'arrive quelque chose, c'est lui. »

11

R. est revenu à la maison. Pendant quelque temps, il redevient l'homme merveilleux de qui tu es tombée amoureuse, celui qui nous fait rire. Le dimanche, il installe le petit déjeuner sur la terrasse pour fêter l'arrivée des beaux jours. On partage les viennoiseries sous le soleil matinal, dans une ambiance détendue. La présence de Tom rend tout plus léger.

Un matin, R. nous fait la surprise : il a installé une table de ping-pong dans le jardin. On est fous de joie. Pendant des heures, on apprivoise les raquettes, service, revers, smash, et peu à peu on gagne une certaine adresse. Christie propose d'organiser un tournoi, qui nous occupe toute la journée. Ça devient notre activité préférée du week-end. Si le temps ne s'y prête pas, le tournoi est remplacé par une session de jeux de société. Un parent dans chaque équipe, sinon c'est de la triche. Mille Bornes, Monopoly, La Bonne Paye, on a chacun notre préféré. R. se montre compétitif à l'extrême pour nous amuser et nous motiver.

Au fil des jours, tu reprends confiance dans notre famille et tu retrouves le sourire. On en viendrait presque à oublier que R. peut être dangereux et invivable. On se prend à espérer. Peut-être qu'il a eu le déclic.

Christie est amoureuse. Elle qui s'habillait en garçon manqué jusqu'à il y a peu a changé de look. Jupes, maquillage, tops ajustés, talons, tu ne la reconnais plus. Ça fait plusieurs mois qu'elle fréquente ce garçon, un passionné de foot. Son premier amour. Elle te parle de lui sans se cacher. Je l'admire, car jamais il ne me viendrait à l'idée d'aborder ce sujet avec toi. Christie est fidèle à ses sentiments, fière de celui qu'elle aime et de leurs projets de couple. Alors que tu es vaguement inquiète, ce qui devait arriver arrive, elle t'annonce sa première fois. Tu tombes des nues. Voilà : ta fille n'est plus une enfant. Elle risque de faire les mêmes erreurs que toi en se précipitant dans une relation. Tu es déçue.

À partir de ce jour, une guerre d'usure s'installe. Christie continue à voir son petit copain, tu ne peux pas l'en empêcher mais tu te montres difficile. Chaque sortie est l'objet de négociations pénibles. Tu ne veux pas qu'elle le voie seule, mais il faut te rendre à l'évidence, contrôler ce qu'elle fait hors de la maison n'est pas possible.

Quant à R., il te monte la tête. Ta fille est une traînée, c'est de notoriété publique. Au moindre retard de Christie, il saute sur l'occasion : « T'as encore été baiser dehors ? T'es vraiment qu'une pute. » Sans intervention de ta part, ou presque. Un « Laisse-la tranquille » quand il va trop loin, quand ses propos humiliants deviennent insoutenables – « C'est bon, t'as bien sucé sa bite ? » Sa vulgarité est devenue banale, on s'y est habituées. Pour toi, on est dans le même bateau.

Le petit copain de Christie part se former en Bretagne. Ne pas le voir pendant un an est pour elle inenvisageable.

Tu refuses catégoriquement qu'elle aille le retrouver, mais ma sœur est pleine de ressources. Quand arrivent les vacances, elle t'annonce qu'elle part deux semaines chez papa. En réalité, elle file rejoindre son sportif. Notre père est de mèche. Lorsque tu l'appelles pour avoir des nouvelles de ta fille, il te dit de la joindre directement sur son portable. Christie te rassure. Oui, oui, tout se passe bien chez papa ! Au début, tu ne te doutes de rien. Mais à son retour tu découvres le pot aux roses.

Je lis la colère, mais surtout l'incrédulité dans tes yeux. Pour la première fois, notre trio est affaibli. On s'est liguées pour te tromper, à commencer par moi qui ai couvert le petit manège de ma sœur. Christie et moi avons grandi dans un monde bien différent de ton Congo natal. Pourtant, tu n'as jamais douté qu'on suivrait les principes rigoureux qu'on t'a inculqués. Pas de sorties, pas de garçons. Tu repenses à tes sœurs et à tes cousines qui s'amusaient pendant que tu passais ton temps à l'église. Ça ne t'a pas empêchée de tomber amoureuse de notre père ni d'avoir un enfant, mais, au moins, tu avais la bénédiction de ta famille. Le mensonge, tu ne supportes pas.

C'est finalement mamie qui apaise la situation. Son pasteur lui a prédit que le petit copain de Christie deviendrait son mari et le père de ses enfants. C'est une relation faite pour durer, tu n'as pas à t'inquiéter. Peu à peu, tu arrêtes de nous en vouloir. Christie ira rejoindre son copain pour les vacances. Tu la crois, désormais, quand elle dit qu'à dix-huit ans elle partira de la maison. Sa vie d'adulte se profile, elle a des projets, des études en perspective, et tu vois bien qu'elle compte les mois avant d'être majeure.

Avec moi, tu te montres plus souple. Tu me vois toujours comme une bonne élève, alors que je perds un point de moyenne générale chaque année – mais, comme je partais de haut, je fais illusion. Pour toi, je suis la cadette qui suit les règles sans opposer de résistance. Peut-être parce que, contrairement à Christie, mentir est déjà pour moi une habitude.

Quand je vais dormir chez mon amie Julie, je me garde bien de te dire que nous sommes toutes les deux en autonomie avec sa petite sœur. Tu ne me laisserais pas y aller si tu savais. Julie est rapidement devenue l'une de mes meilleures copines depuis le primaire, avec Sarah et Coco. C'est une fille à part, qui a dû se rendre indépendante très vite. Son père est parti lorsqu'elle était toute petite, et sa mère n'est presque jamais là. Julie et sa sœur se retrouvent donc souvent livrées à elles-mêmes, ça ne leur pose aucun problème. Moi, j'adore passer du temps chez elles, leur liberté me fascine. Pas de règles, pas d'horaires, pas de parents pour nous dire quoi faire. Parfois, des amis débarquent et on sort avec eux tard dans la nuit, on s'amuse, on fume, on se sent libres.

Ces fuites hors de mon quotidien m'aident à supporter les moments de tension à la maison. Même si je suis encore loin de la majorité – je prépare le brevet des collèges –, j'entrevois chez Julie la possibilité d'un avenir qui m'appartiendra. Une vie future que je mènerai comme je l'entends, loin de chez moi, loin de R. J'en perçois les promesses, comme au cours des vacances de printemps que je passe à Londres, chez une de mes tantes. Dans la rue, une femme m'aborde et me pose des questions. Je ne comprends pas bien l'anglais, alors elle s'adresse à ma tante et lui tend sa carte. Elle possède une agence de mannequins et aimerait que je vienne la voir. Ça me fait tout drôle. Avec ma silhouette grande et fine, ce n'est pas la première fois qu'on m'arrête dans la rue pour me dire que je devrais faire du mannequinat. En général, ça me fait sourire et je remercie poliment sans y prêter plus d'attention, car je ne me sens pas particulièrement belle. Mais cette fois le conseil vient d'une professionnelle. Ma tante est tout excitée, heureuse pour moi. Sauf que je dois repartir le lendemain en France. Je garde la carte dans mes affaires, mais je n'appellerai pas. Deux ans plus tard, quand le destin croisera de nouveau ma route, ma vie aura changé. Cette fois, je serai prête.

12

J'ai quatorze ans et Isabelle est atteinte d'un cancer. Personne n'a oublié ce qu'elle avait dit après avoir vaincu la maladie une première fois, quelques années plus tôt : « Si j'en ai un autre, je me laisse mourir. »

Et c'est ce qu'elle fait. Il n'y aura pas de traitement, pas de lutte. Margaux, sa fille, a maintenant dix-sept ans. Elle assiste, impuissante, à la dégradation de l'état de sa mère. Sa perte de poids. Ses difficultés à respirer. Sa souffrance. La voir renoncer est insupportable pour elle qui voudrait qu'Isabelle se batte pour rester sa mère, qu'elle donne de la valeur à chaque jour gagné sur la mort, même si les médecins la disent condamnée. Mais Isabelle n'a plus envie de rien.

Moi, je ne parviens pas à imaginer ma vie sans Isabelle, sans les week-ends passés dans sa maison à l'aider à peindre ou à bricoler, à dormir contre elle. Je n'ose pas encore affronter le manque que sa mort pourrait créer et je prie de toutes mes forces pour qu'elle guérisse. C'est certain, Dieu va m'entendre. À chaque nouvelle visite, malgré son état qui se détériore, je continue à croire qu'elle va guérir. Quand elle est placée en maison de repos, au stade terminal d'une maladie qu'aucun traitement n'arrête, je m'imagine qu'elle est en train de récupérer. Jamais on ne me prévient que c'est la fin.

Dans les derniers jours, seules les visites apportent à Isabelle un peu de réconfort. L'hôpital est à une heure de route, et papa nous y emmène régulièrement. Alors qu'un jour on vous demande de nous y accompagner, R. accepte à contrecœur : « Encore ? Elle est quasiment morte, et vous voulez retourner la voir ? » Ses mots nous transpercent.

Pendant des mois, la perte d'Isabelle me hante. Sa mort laisse un vide immense. Nous devons apprendre à vivre sans elle, à voir notre père seul ou chez tata Romane, sa sœur jumelle, chez qui il habite depuis quelques années, n'étant plus avec Martine. Je me raccroche à l'idée que dans le malheur on a de la chance d'être si soudées, Christie, toi et moi. Notre complicité et notre amour nous rendent éternellement solidaires. Chez nous, l'abandon n'est pas concevable.

Pourtant, c'est à mon tour de me sentir abandonnée quand, deux mois après son dix-huitième anniversaire, ma sœur quitte la maison comme prévu. Notre père lui a offert une petite Polo rouge, dans laquelle il s'efforce de faire tenir toutes ses affaires pour le grand départ. Direction Sedan, la fac, sa nouvelle vie. À l'heure du départ, Christie nous serre très fort dans ses bras, excitée et pleine de culpabilité aussi. Elle sait qu'elle est la seule d'entre nous qui parvienne à tenir tête à R.

Que peux-tu ressentir, en voyant ta fille aînée prendre son envol ? Es-tu inquiète pour elle, si pressée d'entrer dans l'âge adulte ? Ou inquiète pour toi, qui vois ton dernier rempart tomber ?

13

J'ai quinze ans, je suis passée en seconde générale. Mais, depuis quelque temps, je ne fais plus beaucoup d'efforts en cours. Tu ne t'en aperçois pas, mais les profs, attentifs, l'ont remarqué. Je me repose sur mes facilités sans chercher comme autrefois l'excellence. Mes copines poursuivent leur cursus dans des filières spécialisées, ça nous éloigne un peu.

R., toi et moi vivons désormais à trois. Comme avant, je dîne en vitesse, je débarrasse la table et je me précipite dans ma chambre. L'heure avance, je fais mes devoirs et je guette le retour de R. Après minuit, la fatigue me gagne. Ma sœur partie, je dois assurer seule. Tendre l'oreille au moindre bruit, lutter pour garder les yeux ouverts. Ne surtout pas m'endormir avant de l'avoir entendu rentrer, au cas où tu aurais besoin d'aide.

Pour que je me sente moins seule, vous m'offrez un chaton. Je l'appelle Étoile et j'y tiens comme à la prunelle de mes yeux. La solitude est plus supportable. Souvent, Coco vient chez nous. Sa bonne humeur constante me redonne le sourire. Elle reste parfois toute une semaine à la maison. R. se surveille à peu près en sa présence. Tant qu'il est en état de se retenir, il le fait. Il évite de trop boire ou de t'appeler « négresse ». Dès qu'on a fini le repas, Coco et moi filons dans ma chambre pour nous retrouver seules.

Jour après jour, Coco s'intègre dans notre routine. Tu l'appelles « ma troisième fille ». Si elle perçoit des tensions, les échos des disputes venant du salon, elle n'en dit rien. À table, quand R. devient agressif, tu nous demandes calmement d'aller dans ma chambre. Coco ne fait pas de commentaire. Le soir, parfois, on entend des cris. Je lui dis de rester dans la chambre et je vais vérifier dans le salon si ça ne déborde pas – surtout lorsque les disputes ont lieu le soir. Coco doit bien lire la peur dans mes yeux, mais elle respecte le tabou. Ce qui nous occupe, c'est avant tout les intrigues amoureuses, notre groupe d'amies, nos rêves d'avenir. Sa présence constante me rassure. Si on se connaît depuis l'école primaire, c'est aujourd'hui que son amitié m'est la plus précieuse. Elle est la seule copine que mon beau-père n'ait pas fait fuir. La froideur, l'autorité de R., son mal-être évident mettent tout le monde mal à l'aise. Et ta gentillesse ne suffit pas toujours à donner le change.

Vos disputes, tu pourrais les réciter par cœur avant même qu'elles commencent, et ça t'exaspère. Tu es frustrée par l'insatisfaction constante de ton mari. Tu aimerais qu'il se rende compte que tu fais de ton mieux pour maintenir notre famille à flot, et que ses reproches te blessent. C'est toujours la même chose : lorsqu'il est énervé, il te rend responsable de son état. À l'entendre, c'est à cause de toi s'il est malheureux. C'est toi qui ne le comprends pas, qui lui rends la vie impossible. Ses accusations finissent par t'ébranler, et te culpabilisent. Que fais-tu de mal, pour qu'il soit si sombre ?

Que pourrais-tu essayer de plus pour apaiser la situation ? Par fierté, tu refuses de montrer que tu doutes de toi. Parfois, après une dispute, tu décides de déserter votre lit pendant une semaine. Alors que d'autres fois tu y es contrainte car c'est lui qui te chasse de votre chambre. Voire de la maison, comme cette nuit où, en mon absence, il t'enferme dehors. Il commençait à se montrer violent, tu es sortie précipitamment pour te protéger, et il en a profité pour fermer à clé. Cette fois, la voisine n'est pas là. Tu passes la nuit sur les carreaux froids de la terrasse, et au matin, gelée, tu dois partir pour le travail. Tu te sens si humiliée que tu ne me racontes rien quand, à la fin du week-end, je rentre de chez papa.

Tu prends la décision de consulter un thérapeute de couple. Pour résoudre vos problèmes, mais surtout pour que ton mari entende de la bouche de quelqu'un d'autre qu'il doit soigner son alcoolisme. Au début, l'idée ne lui plaît pas. Vos histoires ne regardent personne, pourquoi aller déballer votre linge sale devant un inconnu ? Un type qui va sûrement vous faire revenir semaine après semaine pour empocher ses chèques… Tu insistes. Ce n'est pas non plus évident pour toi de faire appel à un thérapeute, ce n'est pas dans ta culture. Mais, au point où vous en êtes, c'est peut-être votre seule chance. Il accepte de mauvaise grâce.

Le jour dit, vous vous rendez chez un homme qu'on t'a recommandé. Il vous reçoit à son bureau, demande ce qui vous amène. Tu expliques que l'alcoolisme vous rend la vie impossible, mais R. t'interrompt. S'il boit, c'est à cause de toi. Il se met alors à dérouler la longue liste de choses qu'il te reproche, source de tous vos problèmes, selon lui. Dire que tu craignais son manque de coopération… Le voilà intarissable. Le thérapeute l'encourage à poursuivre, à extérioriser sa frustration, sans s'inquiéter de ton mutisme. S'est-il à un moment donné rendu compte qu'il avait face à lui une femme en danger ? Quand vous quittez le cabinet, R. semble soulagé. Toi, tu es déçue de l'expérience. Il t'a fait passer pour le problème, et tu n'as pas pu exprimer ton point de vue. Une deuxième séance du même acabit te convainc que ce n'est pas la solution que tu attendais. Vous n'y retournerez plus.

En désespoir de cause, tu finis par appeler ta belle-mère. Après tout, elle a entendu tes appels à l'aide pendant les vacances, même si vous n'en avez jamais reparlé. Au téléphone, elle est d'abord ravie que tu l'appelles, espérant des nouvelles de son fils ou de Tom. Mais, lorsque tu prononces le mot d'alcoolisme, tu la sens se raidir. Son ton devient froid. Tu devines que la conversation la met mal à l'aise, qu'elle se sent déloyale envers son fils. Elle te rétorque : « Je ne peux rien pour toi, c'est ton mari. C'est à toi de faire le nécessaire pour qu'il arrête de boire. » Tu raccroches, dépitée. Personne ne veut prendre la responsabilité de t'aider. Mais tu ne t'autorises pas à perdre espoir. Tant que tu m'as auprès de toi, tu n'es pas seule.

14

En pleine nuit, mon portable vibre. Je décroche, c'est la voix de Christie.

— Ça va ? demande-t-elle d'une voix anxieuse, hésitante.

Elle a rêvé que R. pétait les plombs. Elle entendait tes cris, mes pleurs, ses insultes. C'était très réaliste, comme si quelque chose nous reliait, comme si la distance n'existait pas entre nous trois et qu'elle était de retour à la maison. Impossible pour elle de se rendormir après ça.

— Ne t'inquiète pas, je réponds, il est rentré tard, mais il s'est endormi tout de suite. Je l'entends ronfler dans le salon.

Loin de nous, ma sœur s'imagine le pire. Elle culpabilise de nous avoir laissées à la merci de R. tandis qu'elle mène une existence heureuse à Sedan. Son copain travaille. Il a décroché son premier contrat professionnel dans un club de foot, et sa carrière sportive démarre. De son côté, Christie découvre la fac de droit, la vie étudiante et se construit un avenir. Elle est sauvée.

On reste au téléphone un moment, jusqu'à ce qu'elle soit rassurée. C'est d'accord, je viendrai la voir aux prochaines vacances. En attendant, je promets d'être plus sérieuse.

D'après Christie, je pars en vrille. Elle s'inquiète pour moi et aimerait que je sois plus prudente. Alors oui, avec mes copines, on a le don pour se mettre dans des plans galère. Oui, on fume en cachette derrière les poubelles de l'école. Oui, il nous arrive de sécher les cours pour aller rejoindre des copains. Mais avant tout on s'amuse, portées par l'insouciance. C'est tout ce qui nous importe. J'ai quinze ans, c'est à mon tour de quitter l'enfance, mais d'une manière qui me ressemble. Christie a pris son avenir en main en faisant des projets adultes. Moi, c'est la liberté qui m'attire, l'envie de faire mes expériences. Je veux sortir sur la plage le soir, avec mes amis. Écouter de la musique, danser, boire, juste pour voir ce que ça fait. Fuir le circuit maison-école-devoirs. C'est dans ces moment-là que je me sens vivante. Christie m'appelle « le papillon ». Malgré sa désapprobation, je lui raconte tout.

À toi, maman, je ne raconte rien. Tu as en moi une confiance aveugle. Quand je rentre défoncée après avoir fumé un joint et que tu me retrouves à moitié endormie sur le canapé de ma chambre, tu compatis. C'est dur, le lycée. Je ne réponds rien, pour ne pas te mentir. Je me sens invisible.

Un jour, tu me surprends en train de pleurer. Je n'ai pas eu le temps de masquer ma vulnérabilité, alors, pour une fois, je me confie. Ce garçon avec qui je sortais depuis quelque temps m'a quittée. Je m'étais fait de fausses idées sur lui. On n'a pas l'habitude de ces confidences-là, toutes les deux, alors je ne m'étends pas plus que ça. Tu m'écoutes en me caressant les cheveux, et tu me dis : « Ne pleure jamais pour un homme, d'accord ? »

Sur le moment, je ne perçois pas le paradoxe de ton conseil. Tu parles d'expérience, alors peut-être cherches-tu simplement à me mettre en garde. Non, je ne pleurerai jamais pour un homme.

Pendant les vacances, je vais à Sedan. Christie vient me chercher à la gare. Son copain est à l'entraînement, il ne rentrera que le soir, pour le dîner. Un vrai petit couple. En l'attendant, on prépare à manger. La fac de droit ne plaît pas à ma sœur, elle se verrait davantage en école de commerce. Il faut qu'elle se renseigne pour voir comment changer de cursus. Elle sait qu'elle va inquiéter tout le monde si elle annonce qu'elle envisage d'arrêter ses études, alors elle veut faire les choses bien…, puis elle change de sujet. Des amis à elle m'ont croisée près du lycée, je sentais l'herbe. On lui a dit que je fréquentais des gens de son âge. Mes notes sont toujours en baisse, forcément. Elle me prévient : si je continue comme ça, je vais gâcher mon potentiel.

C'est bon, Christie, je gère ! Pas besoin de me faire la leçon à chaque fois. Je veux devenir comptable, experte-comptable, même, ça paie mieux, alors je vais faire ce qu'il faut pour rester en filière générale.

Ma sœur me prend peut-être pour la rebelle de la famille mais, pour mes copines, je suis la voix de la raison. Sarah me surnomme « la maman du groupe ». Je suis celle qui calme le jeu, la plus raisonnée. « Arrêtez, les filles, ne faites pas ça. » Bien sûr, comme elles, je prends plaisir à me mettre en danger. Je ris avec les autres, je parle à tout le monde. Mais je ne relâche jamais totalement ma vigilance. Je me sens responsable de mes amies. À tout moment, en soirée, j'entends une petite voix qui me met en garde. *Attention, ce que tu fais n'est pas bien*. Quel que soit mon état, je l'entends, et parfois je l'exprime tout haut pour raisonner mes copines. J'ai plus peur pour elles que pour moi.

Plus tard, à l'aumônerie, je confesse mes fautes. J'ai conscience de mes péchés, et Dieu reste malgré tout à mes côtés, Lui le Miséricordieux. Comme un fidèle ami. Je continue de Lui parler dans ma tête longtemps après avoir quitté la petite chapelle.

Au caté, je poursuis mon chemin spirituel. Chaque année, je prépare un sacrement. Première communion, profession de foi, confirmation. Ce qui se passe au dehors ne m'atteint jamais dans ma foi. C'est ce que j'ai de plus pur, de plus personnel. J'apprends aussi à pardonner. La religion nous enseigne qu'on ne peut donner que ce que l'on a. Si on n'a pas appris à s'aimer, on ne peut pas offrir d'amour. R., de toute évidence, ne s'aime pas. Il n'a que sa haine à offrir.

Tom est devenu un adolescent doux et sensible. Élevé par sa mère, et sans doute influencé par les liens très forts qui l'unissent à nous, ses demi-sœurs, son caractère se développe peu à peu comme un négatif de celui de son père. Non qu'il cherche à s'en éloigner, car il l'aime sincèrement et ne perçoit pas toute l'ampleur de la violence qu'il nous inflige à la maison. Quand Tom vient passer le week-end ou les fêtes de Noël, R. fait tout pour lui plaire. Grâce à notre frère, nous avons quelques jours de répit.

Un samedi soir, j'entraîne Tom dans une sortie clandestine avec des copains. On raconte qu'on va au cinéma, mais rien ne se passe comme prévu. À l'heure où toi et R. venez nous chercher, on est coincés à des dizaines de kilomètres de là. Au téléphone, je t'explique précipitamment qu'on est allés chez une copine après le film et que sa mère va nous ramener en voiture. Tu es rassurée, mais R. n'est pas dupe. Avec Tom, on attend un bus pendant des heures, puis on termine le trajet à pied. Quand on finit par rentrer, avec beaucoup de retard, je suis accueillie par les hurlements de R. Comment j'ai pu embarquer son fils dans mes plans de merde ? C'est la dernière fois qu'il le laisse m'accompagner. Je ne suis qu'une irresponsable, une pute qui traîne dans les rues. La violence de ses mots me foudroie. Tu t'interposes – « Ça suffit, ne lui parle pas comme ça » –, comme si, cette fois, ses insultes étaient la goutte d'eau, une limite à ne pas dépasser. Tu lui fais remarquer que ce n'est pas seulement ma faute, nous étions deux à sortir. Ton intervention me donne du courage.

Ce soir-là, R. refuse de te laisser dormir dans votre lit. Ça te va très bien. À partir de ce moment, vous ferez chambre à part. Tu dormiras avec moi.

Quelques jours plus tard, on a droit à une énième scène au dîner. Il est agressif, violent, injuste, à peine soutenable. Tu as élevé deux traînées qui n'ont aucune gratitude envers lui, lui qui nous a tout donné.

Soudain, j'explose. Je hurle : « Ferme ta gueule ! » Il ne s'attendait pas à ça. Je suis la première surprise, les mots m'ont échappé. Tu nous regardes, tu attends de voir ce qui va se passer. R. reprend son numéro, mais on voit bien qu'il est coupé dans son élan. Je répète : « Ferme ta gueule. Mais ferme ta gueule ! » C'est un duel, une surenchère, aucun de nous deux ne veut lâcher et se taire en premier. Cette fois, je suis sortie du silence et ça fait un bien fou. C'était aussi simple que ça ? Je peux lui tenir tête, moi aussi ? Lui renvoyer sa haine à la figure ? Ce jour-là, contre toute attente, il ne se passe rien de plus. Ce jour-là, j'ai arrêté d'avoir peur.

15

« *La mort et la vie sont au pouvoir de la langue, quiconque l'aime en mangera les fruits.* »

Proverbes, XVIII, 21

Depuis mon premier acte de rébellion, je ne me prive plus de répondre à R. Quand il s'acharne sur nous, je contre-attaque. Fini la timidité. Je ne m'attendris plus lorsqu'il essaie de se rendre sympathique, de redonner de l'entrain à notre vie de famille. Non, je le tiens à distance. Je ne suis plus sa victime, et il le sait. Alors il monte un cran au-dessus. Des insultes, il passe à l'intimidation.

Un dimanche soir, après avoir passé le week-end chez une copine, je rentre à la maison. Je t'embrasse. Est-ce que R. n'a pas été trop pénible ? Non, Tom était là, donc il s'est tenu. Tant mieux. Tu reportes ton attention sur la télé pendant que je file dans ma chambre, pressée de faire un câlin à mon chaton.

Étoile n'est pas là. Je l'appelle plusieurs fois. Aucune trace d'elle. Bon, elle s'est sûrement endormie en boule quelque part. J'inspecte chaque pièce. Non, tu ne sais pas où elle est cachée. J'attrape sa boîte de croquettes et je l'agite dans toute la maison, sans succès. Je vais sonner chez tous nos voisins. Personne ne l'a vue. On est désolé pour moi, les accidents, c'est fréquent par ici, les chats traversent sans voir les voitures... Je suis désespérée. Je l'imagine écrasée, gisant sur le bord de la route. Je me suis tellement attachée à elle que ça me brise le cœur.

Le lendemain, toujours pas d'Étoile. R. m'emmène au lycée. Pendant le trajet, je lui dis que je ne comprends pas. Si mon chaton s'était fait percuter par une voiture, on l'aurait retrouvé, non ? R. ne dit rien, je vois bien que je l'ennuie.

À la récré, j'appelle ma sœur. Je pleure presque au téléphone. Christie m'écoute en silence, elle ne sait pas quoi me dire. Puis elle a un doute. « Je vais appeler la mère de Tom, on ne sait jamais. » Je retourne en cours pendant qu'elle passe son coup de fil. Quand elle explique la situation, l'ex-femme de R. se confond en excuses. Il leur a bien amené la chatte en raccompagnant Tom hier. « Il nous a dit que Cindy était d'accord, je ne comprends pas... » J'ai le vertige. On ne s'était même pas disputé ces derniers jours. R. a agi sans raison. Et il n'a rien dit dans la voiture. Le soir, la mère de Tom nous rapporte Étoile.

Deux semaines plus tard, Tom revient pour le week-end. R. insiste pour nous emmener tous les quatre au restaurant, heureux d'avoir son fils avec lui. Il commande une bouteille de rosé. Je croise ton regard. On sait toutes les deux qu'il est le seul à boire. Toi, tu ne prends jamais une goutte d'alcool. On sait aussi que, quand il aura vidé cette bouteille, il en demandera une deuxième.

R. a fini les deux bouteilles à lui seul. Il parle fort, se sent supérieur, ne remarque pas que son fils ne décroche plus un mot. On se dirige vers le parking. Il ne veut pas te laisser conduire sa voiture. On monte à bord, et il démarre. Il transpire l'alcool.

Arrivé au premier rond-point, il se met à enchaîner les tours. De plus en plus vite. Les voitures s'insèrent sur notre droite, mais ça ne l'arrête pas. Il rit comme un fou, comme s'il nous faisait une bonne blague. Tu tressailles dès qu'on frôle un véhicule. Tom est livide. Moi, j'ai envie de vomir. On se jette des regards tétanisés. Quand R. est dans cet état, il ne faut pas le brusquer. C'est le début de la tempête. S'il explose, il est capable de tout. Alors on se fait oublier. On attend que ça passe. On met nos ceintures en évidence, pour qu'il les remarque. On se force même à rire un peu. Autrement, il serait tenté de nous jouer un de ses tours préférés. Accélérer, puis freiner brutalement pour qu'on s'écrase sur le dossier avant. Ça l'amuse énormément. Après quelques dizaines de tours, il se décide enfin à rentrer. On respire. Mais, telle qu'elle est partie, la soirée sera longue, on le sait.

Depuis quelque temps, tu as réussi à lui faire arrêter le punch. Il compense avec le vin, et se montre totalement imprévisible, comme s'il prenait plaisir à te terroriser. Un après-midi, alors que tu repasses du linge, il saisit brusquement le fer et l'approche tout près de ton visage. « Je vais te brûler ! », ricane-t-il. Tu te figes, tu cesses de respirer. Tu sais que si tu ne réagis pas sa folie va passer. Au bout de quelques secondes, il repose le fer.

Tu t'es récemment rendu compte qu'il détourne ton courrier. Il a fait des démarches auprès de La Poste pour qu'il lui parvienne directement à une autre adresse. Tes liens avec l'extérieur se réduisent. Comment partir, quand tu es si isolée ? Quand il t'a éloignée de tes proches ?

Un soir, de retour de week-end chez papa, je te trouve brisée. Tu rumines, dans un mélange de honte et de colère. R. s'est enfui après t'avoir blessée, comme souvent. Cette fois, tu es résolue à lui faire payer ses actes. Je t'accompagne le lendemain au commissariat pour porter plainte.

On nous fait patienter dans une salle d'accueil glauque. À côté de nous est assise une femme à l'air défait. Deux policiers parlent d'elle dans son dos. « Encore celle-là… Elle vient sans arrêt se plaindre, elle a qu'à le quitter ! » Quand elle passe au guichet, on entend tout. Aucune intimité. Elle aussi subit les violences de son mari, et visiblement, ce n'est pas la première fois qu'elle le signale. L'agent qui l'interroge semble blasé, il connaît la chanson.

Quelques minutes plus tard, c'est notre tour. Tu prends la place de la femme qui vient de partir. On ne te propose pas non plus de t'isoler dans un bureau, non, tu dois déballer ta vie devant les gens qui attendent. Courageusement, tu restitues la soirée de la veille. L'alcool, la violence, la peur, ton mari qui quitte la maison. Ce n'est pas la première fois que ça arrive, mais aujourd'hui tu souhaites porter plainte. Derrière la vitre en plexiglas, l'agent t'inspecte. Est-ce que tu as des blessures ? Tu expliques que ta peau ne marque pas, les bleus sont peu visibles. Ce qui te fait souffrir, ce sont les courbatures. Il te regarde, sceptique. Il te pose des questions auxquelles tu as déjà répondu, comme pour tester ton discours. Et finit par te conseiller de poser une main courante.

Ton visage se décompose. Une main courante ? Il t'a fallu beaucoup de courage pour venir parler de ton couple dans un commissariat. Tu as dû prendre sur toi pour demander de l'aide. Mais l'homme en face de toi n'a que faire de ta situation si banale. Sans blessure apparente, il semblerait que la violence ne soit pas prise au sérieux. Tu te résignes à poser une main courante. Avant de repartir, l'agent te demande de l'appeler quand ton mari reviendra, s'il se montre violent.

R. revient le lendemain. À peine s'est-il excusé qu'il relativise en te disant que ce n'était qu'un dérapage. Mais tu n'es pas dupe. Tu ne vois désormais que sa face sombre, manipulatrice, et ces moments de repentance nous apparaissent tels qu'ils sont : de courts répits avant la prochaine crise.

Un après-midi, avant le retour de R., tu oses enfin appeler une association. Ça fait un moment que tu y penses. Puisque la police ne fait rien pour te protéger, mieux vaut peut-être se tourner vers des gens engagés, mieux formés, et qui ont à cœur d'aider les autres.

Au téléphone, une dame te répond. Tu lui expliques tout. Tu vis avec un homme violent, il boit, te menace, t'insulte. Tu crains qu'un jour il ne te tue. « Nous avons de la place pour vous en foyer d'hébergement », te répond la femme. Quitter la maison ? L'idée ne te plaît pas. Comment élever ta fille dans un endroit que tu imagines sinistre ? Et puis, tu serais sans ressources, puisque ton emploi dépend maintenant de R. Tu remercies la femme. Et tu renonces à ce projet.

Christie est de plus en plus inquiète. Elle m'appelle tous les jours, me demande ce qui s'est passé dans la journée. Je tente de la rassurer. R. est dangereux, c'est sûr, mais je maîtrise la situation. Je la remplace.

Un soir, je lui rapporte que R. prévoit déjà votre retraite. Il aimerait partir avec toi en Thaïlande. La vie est moins chère, la nourriture est bonne, il y fait doux toute l'année. Il connaît des couples qui ont sauté le pas, ils vivent comme des pachas. Ça fait plusieurs fois qu'il évoque ce projet. Christie est désemparée. Si vous partez tous les deux à l'autre bout du monde, tu n'en reviendras pas, c'est certain.

Je regarde ma montre. 23 h 30, et il n'est toujours pas rentré. On sait ce que ça veut dire. Il descend des bouteilles quelque part, et je dois veiller pour être sûre que tu ne subisses pas de violences à son retour. À l'autre bout du fil, Christie a pitié de moi. Elle sait ce que c'est, alors elle me tient compagnie une partie de la nuit. Au téléphone, on imagine des moyens pour mettre notre beau-père hors d'état de nuire. Le ressentiment nourrit notre créativité, et on trouve mille façons de le punir. « Tu sais, j'ai entendu parler de deux mecs qui pourraient s'occuper de lui. » Pas le tuer, non, mais l'intimider suffisamment pour le rendre inoffensif. Quelques mois d'arrêt, ça lui ferait du bien, et à nous aussi. Et s'il finit paralysé ? C'est un risque qu'on est prêtes à prendre. Nous n'avons pas le choix, c'est lui ou nous ! Pendant des heures, on refait le monde. La peur change de camp, le prédateur devient la proie, comme si on avait épongé sa haine pour la retourner contre lui.

Le lendemain matin, je le retrouve dans la cuisine. Il a une sale gueule, comme à chaque fois qu'il rentre tard. Je remarque qu'il boite mais je n'ose pas poser de questions. Avec lui, on peut s'attendre à tout.

Le soir, il est à la maison, une jambe dans le plâtre. Alors qu'on complotait contre lui au téléphone la veille, il s'est sectionné le tendon d'Achille en sortant de chez un copain, et le voilà plâtré et avec des béquilles. L'univers nous aurait-il entendues ?

Je file en vitesse dans ma chambre et je préviens Christie. Elle tire la même conclusion que moi : en le maudissant, on lui a porté la poisse. Ne jamais sous-estimer le pouvoir de la parole.

16

« J'ai cherché l'Éternel, et Il m'a répondu, Il m'a délivré de toutes mes frayeurs. »

Psaumes, XXXIV, 5

R. est en arrêt. Il traîne son plâtre à travers toute la maison, et le bruit de ses béquilles me fait frissonner. Je les entends arriver de loin, comme si la mort rôdait dans les couloirs.

L'invalidité ne l'a pas adouci. Au contraire. Le soir, il s'invite dans ma chambre et me parle. Ça peut durer des heures. Il déverse son venin, ses théories fumeuses. On est des garces, des ingrates, on n'a aucune morale. Son haleine alcoolisée me soulève le cœur. Je ne sais pas comment le faire partir. Je dois l'écouter jusqu'à ce qu'il se lasse. Depuis quelques jours, j'ai planqué une casserole près de ma tête de lit. Quand il vient dans ma chambre, je sais qu'elle est là, à portée de main. Au cas où…

Dès que possible, Christie vient nous rendre visite. Quand elle est là, je ne me sens plus à la merci de R., on affronte les soirées ensemble. Nous décidons de l'enregistrer, en pensant que ça pourrait servir, en cas de divorce. Je sors le dictaphone. Lorsque R. débarque dans la chambre et ânonne ses insultes habituelles, j'allume le petit appareil, le pose discrètement sur le sol, près de lui. Pendant qu'il parle, on se jette des regards en coin. J'apprendrai plus tard que ces enregistrements ne valent rien juridiquement, mais sur le moment ils sont comme des armes que je conserve précieusement.

Quelque chose a changé depuis son accident. Nous nous sentons plus fortes que lui, et il le devine. C'est sans doute pour ça qu'il nous noie de paroles. La violence verbale est tout ce qu'il peut se permettre.

J'ai seize ans et je n'ose plus quitter la maison. La présence de R. est une menace permanente, imprévisible. Je n'envisage plus de te laisser seule avec lui. Alors je dis non aux copines qui m'invitent. Je préfère donner des excuses. « Je révise », « je suis privée de sortie », « je dois aider ma mère ». Seule Coco vient passer du temps chez moi, et c'est grâce à elle que je tiens bon.

Sous mes yeux, R. te pince très fort, puis prétend qu'il n'a rien fait, pour qu'on te prenne pour une folle. Une autre fois, il te sert un thé dans lequel il a versé du liquide vaisselle. Quand tu lui demandes s'il a vu ta perruque, il répond : « Je l'ai jetée. » Pareil pour ta bible. Il les fait disparaître sans raison, pour te blesser.

Un soir, alors que nous sommes couchées, on entend un gros boum. Puis un râle. Nous nous précipitons hors de ma chambre. R. est étalé sur le sol, en bas de l'escalier. Cet escalier où j'avais toujours peur qu'il te pousse. Il a fait une chute monumentale, à en juger par ses béquilles en vrac et ses traits déformés par la douleur. J'appelle les pompiers. Pour une fois, c'est pour lui qu'on a peur. Au sol, R. commence à s'agiter. Péniblement, il attrape ses béquilles et se relève. « Reste tranquille ! » Tu veux l'aider, mais il te repousse. Une à une, il remonte difficilement les marches de l'escalier. Arrivé à l'étage, il s'enferme dans la salle de bains.

Quand les pompiers arrivent, R. est toujours là-haut. L'un d'eux va frapper à la porte. « Tout va bien, monsieur ? Vous pouvez ouvrir ? » Il va très bien, n'a besoin de personne, merci. On a tout inventé, faut pas nous croire, on est des sales menteuses. D'ailleurs, c'est nous qui l'avons poussé. « Laissez-nous au moins voir votre état », insiste le pompier. En serviette de bain, R. ouvre la porte et leur demande de partir. Il est visiblement mal en point, mais reste inflexible. Les pompiers, c'est comme la police, il les a en horreur depuis qu'il a passé une nuit au poste. Il ne veut voir personne. L'homme fait signe à ses collègues de partir, puis se retourne vers nous, désolé. « On ne peut pas soigner quelqu'un qui ne veut pas se soigner. » La phrase résonne en moi longtemps après leur départ.

17

« Le Seigneur est mon secours, je n'aurai peur de rien. Que peut me faire un homme ? »

Hébreux, XIII, 6

Ça fait plusieurs mois que R. traîne son plâtre. Plusieurs mois que la tension monte, que les insultes fusent, que sa colère menace d'exploser. R. ne va pas bien. Il dégage un mal-être palpable dont plus rien ne le distrait. Il en veut à tout le monde, à commencer par toi. Un soir, tu invites une amie, Virginie, et son fils à passer la soirée avec vous. Ça me rassure. Devant les autres, R. n'est pas violent. Je vais enfin pouvoir sortir. Quitter cette ambiance étouffante, en te sachant en sécurité. On a recours à une vieille ruse avec Coco : je t'annonce que je vais dormir chez elle, elle annonce à sa mère qu'elle va dormir chez moi. En secret, on prévoit de passer la nuit chez des copains, le genre de sortie dont je rêve depuis des mois. Virginie arrive avec son petit garçon. Cinq ans, adorable. Tout est arrangé, ils dormiront dans ma chambre.

Je vous quitte le cœur léger et je pars à pied vers le lieu de la soirée. L'excitation me donne l'impression de flotter. Ça fait longtemps que je ne me suis pas sentie aussi libre. Je retrouve mes amis, je me fonds dans leur insouciance. C'est si facile. La fête bat son plein. On rigole, on danse, on fume, on boit, sans aucun parent à l'horizon. Juste nous et notre fièvre adolescente. J'avais oublié ce que c'était que de lâcher prise. À seize ans, c'est cette légèreté que je devrais ressentir, pas le poids que j'ai sur le cœur quand je pense à la maison. Après les danses planantes de fin de soirée, on s'écroule sur les matelas et les canapés disposés un peu partout.

Au petit matin, on rentre à la maison. Avec Coco, on se repasse les meilleurs moments de la fête. Les rapprochements qu'on n'a pas vu venir, les révélations lâchées sous le coup de l'alcool, les danses les plus drôles... On en a pour des jours à tout commenter. Dans la montée qui mène jusqu'à chez moi, une ambulance nous croise en sens inverse. On est loin, mais j'ai un mauvais pressentiment. Elle vient de la maison, j'en suis certaine. Je me mets à courir. Je vais le plus vite possible pour éviter de penser, d'imaginer le pire, mais malgré moi mon cerveau s'emballe.

Qu'est-ce qu'il t'a fait ?

J'entre en trombe dans la maison. Tout est calme. « Je suis rentrée ! » je crie. Silence. Je fonce dans ma chambre, où je trouve Virginie et son fils, qui regardent la télé.

— Qu'est-ce qu'il s'est passé ? je demande, hors d'haleine.

— R. a été violent, on a dû appeler les pompiers. Ils ont emmené ta mère à l'hôpital.

Son ton est informatif, comme si je lui demandais la météo.

— À l'hôpital ! Et toi, qu'est-ce que tu fais encore là ? Tu l'as défendue, au moins ?

Je n'attends pas de réponse. Je ne la vois même plus. C'est à moi que je m'adresse.

— Tu l'as laissé lui faire du mal ? Qu'est-ce que tu as fait pour la protéger ? Rien ?

Je crie, à présent. Je m'en veux tellement d'avoir laissé ce drame arriver. Je me tourne vers Coco. Elle essaie de me calmer, mais les digues ont lâché. Je ressens une honte et un dégoût si profonds que j'en ai mal au ventre. Je suis furieuse contre cette « amie » qui n'a pas su te protéger, mais surtout je suis furieuse contre moi. Je me sens terriblement coupable. Comment ai-je pu m'absenter, aller faire la fête ? Il n'attendait que ça pour passer à l'acte. Je lui ai laissé le champ libre, et je me déteste pour ça.

— Il est où ?

Elle se tourne vers moi, sur la défensive.

— Je ne sais pas. Il est parti.

Je marque un temps.

Comme toujours, il a pris la fuite.

Je me précipite dans le salon. Je vois ses chaises en bois tapissées qu'il adore, celles où il s'assoit bien confortablement pendant les repas pour nous insulter. J'en attrape une par le dossier et je la fracasse sur le sol. J'en soulève une autre et je la balance sur votre photo de mariage. Avec un couteau, j'éventre son canapé en cuir. Coco tente de me raisonner, en vain. Détruire toutes ses affaires est une sorte de besoin compulsif, impérieux. Je sors ses bouteilles et je les pulvérise contre les meubles. Dehors, j'en explose certaines contre la façade. Je raye sa moto avec le verre brisé, je la renverse et je m'acharne avec un couteau pour crever les pneus. C'est le couteau qui se brise. Je noie son moteur dans l'alcool. En lisière du jardin, les propriétaires de notre maison m'observent, médusés. Cela fait plusieurs jours qu'ils passent pour repeindre le portail. Ils assistent à la scène sans oser m'interrompre. J'hésite un instant à balancer une bouteille chez l'autre voisine, sa confidente, celle qui n'a jamais levé le petit doigt pour t'aider. Mais je renonce. Le coupable, c'est lui.

Quand la moto me paraît suffisamment amochée, je sors mon téléphone. Évidemment, il ne répond pas. Lâche jusqu'au bout. Je laisse un message. « Je sais ce que tu as fait. Je vais bousiller toutes tes affaires, et si tu reviens, je vais pas te louper. Tu m'entends ? C'est fini, on ne te laissera plus nous faire du mal. Plus jamais. »

Je crache tout ce que j'ai dans le ventre, et je raccroche. Je me sens puissante. Capable de lui tenir tête, de détruire ce qu'il a de plus précieux – ses affaires. Toute sa panoplie d'homme respectable, la poudre aux yeux qui lui sert à sauver les apparences. Cette fois, il y a des témoins. Il ne peut plus faire illusion. C'était la der des ders.

Coco et moi faisons du stop pour aller à l'hôpital. À l'accueil, je donne ton nom. Oui, je suis ta fille. La soignante appelle le médecin. Elle est désolée, on ne peut pas te voir. Je ne comprends pas. Elle me rassure, ton état n'est pas grave. Ils vont juste te garder quelques heures. Coup de fil à Christie. Je reste vague, je ne veux pas l'inquiéter. Oui, je la rappelle dès que j'en sais plus. Puis je m'écroule sur une chaise. Coco envoie un message à sa mère pour qu'elle vienne nous chercher.

J'attends à la maison pendant des heures. Quand je t'entends enfin rentrer, le soir, je saute dans tes bras. Tout va bien, tu n'auras aucune séquelle lourde. Merci, mon Dieu. Tu me racontes, sans trop t'appesantir sur les détails. Sa violence, ta tête qui heurte le fer de la pergola, puis le trou noir. Le visage apeuré de Virginie quand tu reprends connaissance.

Et la colère qui s'empare de toi : plus jamais tu ne te laisseras faire. Quand, à ce moment, tu remarques la maison saccagée, tu ne me reproches rien. Avant qu'il s'enfuie, toi aussi tu lui as rayé sa voiture.

18

« *Nous sommes fiers même de nos détresses, sachant que la détresse produit la persévérance, la persévérance la victoire dans l'épreuve, et la victoire dans l'épreuve l'espérance.* »

Romains, V, 3-4

L'huissier fait le tour de la maison pour constater le départ de R. On s'est bien renseignées : pour que la demande de divorce aboutisse, il faut montrer qu'il a déserté le domicile conjugal. Tout est conforme. On a pris soin de cacher les vêtements qu'il n'est jamais venu récupérer. Ils sont entassés dans des sacs-poubelle, derrière le cabanon.

Cela fait maintenant plusieurs mois qu'il a pris la fuite. Au début, on craignait de le voir surgir à n'importe quel moment. La nuit, je n'étais pas tranquille. Que faire s'il revenait se venger ? « S'il m'arrive quelque chose, c'est lui. » Tu répétais cette phrase en boucle, comme si tu n'osais pas te croire tirée d'affaire. Puis on s'est habituées à être seules. Et maintenant que l'huissier est passé, il est défendu à R. de revenir.

Te retrouver face à lui tous les jours au travail, c'était hors de question, alors tu es restée en arrêt maladie. Tu as porté plainte, et cette fois tu n'as eu aucun mal à prouver l'agression.

À l'hôpital, ils avaient recensé tes blessures. Qu'il t'ait fallu tout ce temps pour passer à nouveau la porte d'un commissariat, j'ai d'abord eu du mal à le comprendre. Je découvrirai par la suite que tu n'es pas seule dans ce cas. Chez les femmes sous emprise, les réflexes de survie sont comme étouffés. L'ascendant du conjoint, la terreur qu'il inspire, la faible estime de soi, la conviction qu'on ne peut pas s'en sortir seule sont quelques-unes des raisons qui expliquent l'inexplicable : pourquoi on reste.

Lui aussi a porté plainte. Contre moi, pour dégradation de ses affaires. Mais je n'ai aucun regret.

Pendant des mois, on se cherche un appartement. Impossible pour nous de rester dans cette maison. R. ne le peut pas plus, d'ailleurs. Les propriétaires ont été horrifiés d'apprendre ce qu'il avait fait, ils refusent désormais de lui louer la propriété – mais ils nous permettent d'y demeurer jusqu'à ce qu'on trouve un autre hébergement. Leur soutien compte beaucoup pour nous. Semaine après semaine, on passe en revue les annonces. Agences, particuliers, bouche-à-oreille, on est à l'affût de la moindre opportunité. Mais, avec tes faibles revenus, se procurer un logement, c'est mission impossible. Grâce à l'aide de papa, qui paie plusieurs mois de pension alimentaire en avance, on finit par repérer une occasion. Un appartement petit mais douillet, avec une chambre chacune, et même un balcon. Ce sera notre refuge rien qu'à nous.

Pendant des jours, on vide la maison. On jette ses affaires, symbole de sa réussite. Son canapé froid, sa table et ses chaises en bois, ses commodes. Ses vêtements finissent à la poubelle.

Le jour du déménagement, notre plus grande peur est que R. soit prévenu qu'on quitte les lieux et surgisse avant notre départ. La voisine pourrait l'alerter. Alors, on procède petit à petit, pour qu'elle ne remarque rien. Les seules choses qu'on garde sont les lits et les meubles de ma chambre. C'est papa qui s'en charge, avec un camion et deux amis. Coco aussi nous prête main-forte. Sur la route vers notre nouvelle adresse, on fait des tours et détours dans la ville, pour s'assurer qu'on n'est pas suivis. R. ne doit surtout pas savoir où on habite.

Une nouvelle vie commence. Chaque jour, on s'émerveille. Désormais, je peux te dire « Bonne nuit, maman, à demain » et aller me coucher sans avoir peur. Je perds cette habitude de passer la nuit en état de veille, prête à bondir au moindre bruit. Tu prends des crédits pour qu'on ait des meubles à nous, une belle table, des sièges douillets. On est chez nous, on s'y sent bien. Le soir, Étoile s'endort sur mes genoux. Les repas sont sereins. J'ai l'impression de découvrir la vie normale. Une normalité qu'on n'a jamais vécue. J'ai retrouvé ma légèreté. J'ai enfin l'existence d'une ado. Mes prières ont été entendues.

Notre premier Noël est incroyable. Pour la première fois, papa est avec nous. Christie est revenue de Sedan pour les vacances, on est tous réunis. Ensemble, on passe un bon moment autour d'un délicieux repas, avant d'ouvrir nos cadeaux. Ce soir, c'est un Noël serein, tout à la joie des retrouvailles. Tu décides qu'il n'en sera plus jamais autrement.

19

« Maintenant donc ces trois choses restent : la foi, l'espérance, l'amour ; mais la plus grande des trois, c'est l'amour. »

1 Corinthiens, XIII, 13

Depuis quelques mois, je sors avec un garçon, Max. Cette fois, c'est du sérieux. Je l'ai rencontré à Sedan chez Christie, c'est un ami de son copain. Ça fait quelques mois qu'elle a remarqué qu'on se rapprochait, ça n'a pas l'air de la déranger. Et puis, il me stabilise. Il est un peu plus âgé, plus mature. Je lui dis que je vais passer mon bac, étudier la compta. J'ai des objectifs, moi aussi, et au lycée, désormais, je m'applique. Quand je pars en vacances chez ma sœur, j'en profite pour le voir aussi sans avoir besoin de te le dire, et Christie me couvre.

Tu n'y vois que du feu. J'ai à mon poignet une gourmette qu'il m'a donnée, avec son prénom gravé dessus, je ne m'en sépare jamais. Tu ne la remarques pas. Bien sûr, je ne te dis rien. J'ai retenu la leçon. Je sais que tu m'interdirais de le voir, par crainte qu'il ne me détourne de mes études et de mes projets d'avenir.

Cette année de terminale me plaît bien. Mes notes remontent. Je suis prise par les cours, les sorties, mon copain, mes amis, les vacances chez ma sœur, des préoccupations de mon âge.

J'ai arrêté de m'inquiéter pour toi en permanence. Je te sais en sécurité, alors je reprends ma place de fille.

Quelques mois plus tôt, j'ai fait la connaissance d'une femme qui va changer mon existence : Dominique. Elle travaille pour une agence de mannequins, et lorsqu'elle me propose de venir la voir, cette fois, je saisis ma chance. Elle dit que j'ai du potentiel, et souhaite faire des essais à Paris avant de se lancer dans la chasse aux castings. Moi, je ne vois pas le mannequinat comme un vrai métier, mais c'est un bon moyen de me faire de l'argent de poche. Et puis, de Paris, je serai à deux heures à peine de chez Max. Tu tempères mes ardeurs. Oui, je pourrai travailler de temps en temps, mais uniquement pendant les vacances scolaires, et à condition que j'étudie d'arrache-pied pour finir le lycée. Je pourrai alors être mannequin pendant un an, mettre de l'argent de côté, m'inscrire au CNED en parallèle, puis poursuivre mes études de compta comme prévu. Je ne rêve pas encore de devenir top model. Quand je pense à l'avenir, je me vois mariée, heureuse en couple, un travail pas trop prenant, qui me permette de rentrer chez moi à 17 heures, rien qui sorte de l'ordinaire. Je veux une vie tranquille. Tout ce que tu n'as pas eu, maman.

À partir de là, je me rends à Paris pendant toutes les vacances scolaires. D'abord avec toi, puis seule. Dominique a proposé de me loger chez elle, afin que tu puisses dormir sur tes deux oreilles. Peu à peu, une vie professionnelle se dessine devant moi. Une vie dont je n'imagine pas encore toutes les richesses.

À l'approche du bac, tu remarques enfin ma gourmette. Alors je te parle de Max. Mon premier amour. À nouveau, tu te sens trahie. Tu ne t'y attendais pas, mais assez vite tu te résignes. On sait toutes les deux que je vais partir dans les prochains mois. Et puis ce n'est plus vraiment comme avec Christie. Tu es devenue plus souple. Je réalise à quel point R. t'avait rendue austère. Tu absorbais sa mauvaise énergie, son mal-être, sa vision de la vie et des gens. Il était la pomme pourrie qui contamine les autres dans la corbeille. Dès que tu t'es éloignée de lui, tu as retrouvé ta joie de vivre.

Le jour du procès, R. est sur le banc du plaignant, toi sur celui des accusés. Il t'accuse d'avoir dégradé sa voiture et sa moto. Nous avons réussi à l'éviter pendant toute la procédure, mais impossible de se dérober pour le jugement. La veille au soir, j'imagine plusieurs scénarios : soit je l'ignore, soit je lui dis ses quatre vérités avec panache, comme le ferait Christie ; ou alors je me contente de le transpercer du regard jusqu'à ce qu'il baisse les yeux, pétri de honte, et se voûte comme un vieillard. Ce dernier scénario est plus qu'improbable, je le sais bien, mais j'essaie de me donner du courage.

Lorsqu'on arrive dans la salle d'audience, je l'aperçois. Fidèle à lui-même. La figure du bon patron d'entreprise. Tout dans l'apparence. Pourtant, moi qui le connais, je le sens sur la réserve, plus discret que d'habitude. Qu'a-t-il fait de son temps, depuis qu'il est parti ? J'imagine qu'il a préparé sa défense, son attaque, demandé à la voisine d'écrire une lettre pour témoigner contre nous. À son entourage, il a dû servir une version biaisée de la réalité. Se placer en victime, nous décrire comme des ingrates, des parasites occupant *sa* maison.

Je passe devant lui, il a le culot de me dire bonjour. J'étais persuadée qu'il éviterait mon regard, qu'il ferait en sorte de ne pas me croiser, mais non, il me salue comme si de rien n'était. J'en suis si stupéfaite que j'oublie tout ce que j'ai imaginé la veille.

Notre avocat l'interroge. Il lui demande pourquoi il a d'abord porté plainte contre moi, avant de s'en prendre à toi. « Il faut savoir, monsieur. Vous allez accuser qui, ensuite ? La tante ? Choisissez… » L'assistance sourit, l'angle d'attaque fonctionne. L'avocat tourne en dérision l'accusation, ses arguments, en montre toutes les incohérences. Pour un peu, il m'inspirerait une vocation. Très vite, il aborde la scène de violence qui a précédé nos actes. Il dit publiquement que R. t'a frappée avant de s'enfuir, et que tu as dû te rendre à l'hôpital. Je n'en reviens pas. Dans cette salle de tribunal, des personnes extérieures à notre famille reconnaissent la situation, parlent de lui comme d'un mari violent. Du coin de l'œil, je le vois se tasser sur son siège, la mine décomposée. Il nous fait pitié. Cette séance devient son procès. Quelle que soit la décision finale, notre voix aura été entendue.

Quand le jugement est rendu, il est reconnu que tu as dégradé sa voiture, pas sa moto, on ne devra payer que les réparations sur la carrosserie que tu as rayée. Pas plus. R. n'est pas la vraie victime, je pense que tout le monde l'a compris. Tu es soulagée. Quand il quitte le tribunal, R. a les yeux baissés, il passe devant nous sans un mot. Il a l'air lamentable. Je ne me réjouis même pas de sa souffrance, je suis simplement contente pour nous. Ce dernier combat, nous l'avons gagné.

Épilogue

« *L'estime de soi n'est pas tout, mais sans elle il n'y a rien.* »

Gloria Steinem, *Revolution from Within*

J'ai vingt et un ans, et je ne suis pas experte-comptable. Je me suis révélée dans le mannequinat, j'en ai fait une véritable carrière. Mon bac en poche, je me suis installée chez Dominique, qui est devenue ma maman parisienne. Sa fille, alors jeune ado, m'a acceptée dans sa chambre, sur un lit superposé. Je me suis facilement intégrée dans leur vie de famille. Une famille normale, donc extraordinaire à mes yeux. Comme chez moi, j'aidais dans la maison, je débarrassais, je préparais le dîner si Dominique rentrait tard. Mes bonnes manières ont plu.

Loin de toi, je fais des cauchemars, comme Christie avant moi. Je sais pourtant que tu vas bien, mieux que jamais. Tu mènes une vie paisible, tu as tes filles au téléphone tous les jours, et depuis le jugement tu es même suivie par un psy. De mon côté, le destin me sourit et je me sens pleine d'optimisme. Mais, alors que je suis à peine endormie, ma culpabilité se déchaîne. Je me réveille en sueur au milieu de la nuit, le cœur battant à tout rompre. Il me faut quelques secondes pour me rappeler que R. est parti, que tu es en sécurité. Inconsciemment, je m'en veux de te laisser seule, et pour l'instant je dois vivre avec ce poids.

Pour réussir les castings, j'ai dû me roder, apprivoiser les codes et les usages, comprendre quels étaient mes atouts. Je n'avais pas confiance en moi, mais il a bien fallu faire comme si. Au bout de quelque temps, les contrats se sont enchaînés, j'ai travaillé d'arrache-pied, et c'est aux États-Unis que ma carrière a explosé. J'ai posé pour *Vogue*, en couverture, défilé dans toutes les fashion weeks, enchaîné les campagnes de pub, jusqu'à apparaître sur un écran géant à Times Square. Jamais je n'aurais pu anticiper tout ça.

Ma foi m'a accompagnée tout du long. Lorsque je suis loin de ma famille, dans un autre pays, c'est grâce à elle que je reste en lien avec ceux que j'aime. Le dimanche, à New York, je me rends dans les églises qui résonnent de chants et de bonne humeur, et la distance s'estompe. À force de succès, d'expériences intenses, d'erreurs naïves, je me suis affirmée. Plutôt que de me laisser choisir au gré des castings, je me fixe des objectifs de carrière et je mets tout en œuvre pour les atteindre. Mon indépendance passe avant tout.

Pourtant, l'unique fois où j'ai revu R., je me suis sentie comme une petite fille. J'étais venue de Paris pour le week-end, et la famille de mon copain nous a emmenés au restaurant. À peine installée, je l'ai aperçu. Attablé avec un ami, un verre à la main. Cela faisait six ans qu'on ne s'était pas vus. Il n'avait pas changé. À cet instant, moi non plus. Nos regards se sont croisés, et la femme forte que je suis devenue, celle qui habite à New York et vit ses rêves, a laissé place à l'enfant. Une enfant de huit ans, assez grande pour comprendre mais trop petite pour réagir. Intérieurement, j'ai essayé de la rassurer, de garder la tête haute et de la convaincre que je maîtrisais la situation. Mais la petite fille était là et j'ai eu l'impression que c'est elle qu'il voyait.

À table, j'ai fait bonne figure et personne n'a remarqué ce qui se jouait. Au plus profond de moi, j'étais complètement déstabilisée. Pourquoi ne m'étais-je pas préparée à ce moment ? Je m'étais imaginé que le temps avait classé le dossier tout seul. Que j'étais devenue fière, indifférente. J'aurais voulu, pour une fois, qu'un solide égo me protège. Que pouvait-il bien raconter à son ami, pour que celui-ci me regarde comme ça ? Que pouvait-il bien ressentir en me revoyant ? Son regard implorait-il mon pardon, ou n'était-ce qu'une illusion ?

Le soir, j'ai rapporté cette rencontre à Christie. « J'aurais aimé être à ta place, a-t-elle répondu. Je me serais fait un plaisir de lui payer son addition. » Je sais qu'elle l'aurait fait, sans hésiter. Moi, malgré ma carrière, malgré l'assurance que j'ai gagnée ces dernières années, je n'ai pas été capable de le prendre de haut.

J'ai appris qu'il s'est marié une quatrième fois, avec une Congolaise qui a une petite fille. Une autre « négresse ». Comme si, mariage après mariage, il cherchait à asseoir sa prétendue supériorité raciale. Je ne sais pas comment ça se passe entre eux, mais j'ai peur pour elle. Peut-être qu'avec l'âge il est devenu moins agressif. Tom prétend qu'il s'est adouci. De temps à autre, cette idée me traverse l'esprit : dois-je aller les sauver, elle et sa fille, pour éviter que l'histoire se répète ? Est-ce que je n'ai pas le devoir moral d'agir, moi qui le sais violent ?

Plus tard, il m'est apparu que la meilleure façon d'aider les autres c'était d'affronter mon propre passé, les yeux dans les yeux. Reproduire cet élan qui, à quatorze ans, m'a tirée du carcan de la peur : briser le silence. Cette fois, pas seulement en répondant à celui qui m'opprime, mais en restituant publiquement mon histoire. Ainsi, tous ceux qui vivent au quotidien dans la peur pourront se reconnaître, et rompre à leur tour le tabou de la violence.

Libérer la parole

« Ouvre ta bouche pour celui qui ne peut pas s'exprimer, pour la cause de tous les délaissés ! »

Proverbes, XXXI, 8

Il m'a fallu sortir de notre histoire, maman, pour la comprendre. Partir loin, faire ma vie, et rencontrer d'anciennes victimes de violences conjugales pour réaliser que c'était un mal très répandu. Un mal sociétal et non quelques cas isolés relevant de la sphère privée.

À l'époque, j'avais l'impression que nous étions seules dans notre cas, car presque personne n'avait partagé avec moi un vécu qui faisait écho au mien. Quand je me suis intéressée aux associations, bien plus tard, en m'engageant auprès de Solidarité Femmes, j'ai découvert qu'une femme sur dix était victime de violence conjugale, que l'association aidait en France plus de 35 000 femmes par an, et que 7 000 femmes et enfants étaient hébergés dans des foyers d'accueil de l'association. Aux États-Unis, où la population est cinq fois plus importante que celle de la France, les chiffres sont encore plus impressionnants : une femme sur quatre[1] serait victime de violence conjugale.

1. Source : https ://www.safehorizon.org/get-informed/domestic-violence-statistics-facts/

Lorsque je suis venue travailler à New York, je n'avais parlé à personne des traumatismes de mon enfance, pas même à mon agent. Mais j'avais à cœur d'utiliser ma notoriété pour aider les associations en leur apportant de la visibilité. Je me suis investie auprès de Safe Horizon, la structure la plus importante de soutien aux « *survivors* », qui vient en aide aux victimes de toutes formes de violence à New York. Lors d'une interview[1] que j'ai menée à l'occasion de la Journée internationale de lutte contre les violences faites aux femmes, j'ai été bouleversée par le témoignage d'une survivante américaine, Yolanda. Son histoire était glaçante : son mari lui avait tiré dessus avec une arme avant d'être envoyé en prison. Après avoir purgé sa peine, il était revenu s'installer dans leur appartement. Yolanda avait dû changer les serrures, et, finalement, fuir. Son mari l'avait suivie et menacée pendant longtemps avant qu'elle parvienne à s'en libérer. La police et les associations l'avaient aidée à s'en sortir. Malgré les épreuves, elle racontait son histoire avec recul et assurance, et un profond optimisme se dégageait d'elle.

Alors qu'elle détaillait les multiples formes de violence qu'elle avait subies, aussi bien physiques que psychologiques, j'ai reconnu mon histoire dans son récit. Tout en l'interviewant, je notais intérieurement les similitudes avec notre vie de famille, les comportements qu'avait adoptés R., les réactions que tu avais eues face à lui… Après l'interview, nous avons longuement échangé et, pour la première fois, j'ai eu envie de partager mes

1. Pour accéder à l'interview : https ://www.instagram.com/tv/B5GGyyviHXi/ ?hl=fr

souvenirs. Je me suis sentie comprise, soutenue, inspirée par cette femme qui parlait avec facilité de ce passé douloureux, dont elle s'était sortie en agissant, en dénonçant.

J'ai alors pris conscience du prix de mon silence. En taisant mon histoire, en la reléguant dans l'ombre pour me tourner vers l'avenir, je ne l'avais pas fait disparaître. Elle avait continué à ronger la petite fille que j'étais, cette petite fille qui, même à l'âge adulte, était toujours là, face à R., ce fameux jour, au restaurant. C'était désormais à moi de la défendre et de lui rendre justice. M'engager contre les violences domestiques était un premier pas. Le suivant, le plus difficile, serait de prendre la parole à titre personnel pour partager mon histoire, afin de sensibiliser les familles et d'inspirer à mon tour les victimes. Ce geste, j'en suis aujourd'hui capable. Comme de nombreuses victimes, j'ai admis que ce qui compte ce n'est pas de guérir totalement. C'est de guérir suffisamment pour avancer jour après jour.

Quand j'étais plus jeune, peut-être qu'entendre le témoignage d'une ancienne victime m'aurait « sauvée ». L'absence totale de prévention renforce le tabou et permet aux violences de perdurer. Pour moi, le sujet n'existait même pas. Je vivais des choses difficiles à la maison, mais un enfant manque du recul nécessaire pour comprendre que sa souffrance quotidienne n'est pas normale et doit être combattue. Si on ne nous sensibilise pas, on ignore qu'une ligne d'écoute gratuite, le 3919, est accessible vingt-quatre heures sur vingt-quatre et sept jours sur sept. Que les associations œuvrent avec un dévouement incroyable pour être à l'écoute, accueillir, accompagner et héberger les victimes.

Une fédération nationale[1] en regroupe pas moins de soixante-treize réparties sur tout le territoire. Ta tentative d'appel à un foyer d'accueil ne t'avait pas inspiré confiance, et pourtant, mieux renseignée, tu aurais peut-être persévéré. Aujourd'hui, je sais qu'un vaste réseau d'associations couvre le territoire et que les professionnels sont davantage formés à l'accompagnement des victimes. Indéniablement, une prise de conscience collective s'est opérée depuis #Metoo. Les violences faites aux femmes ne sont plus regardées comme des phénomènes isolés, mais comme un problème systémique.

Les survivantes m'ont également ouvert les yeux sur l'intersectionnalité : les femmes noires victimes de violences conjugales subissent le double préjudice d'une domination sexuelle et raciale. Parce que jusqu'au collège on était presque tous issus de parents immigrés, je me suis toujours crue épargnée par le racisme. Pourtant, c'est sous notre propre toit qu'il sévissait, sous une forme insidieuse. Un racisme décomplexé dont le seul paravent était le fameux « On ne peut rien me reprocher, j'ai un très bon ami noir », version épouse et belles-filles.

Je ne te tiens pas responsable de ce qui s'est passé, maman, car, comme beaucoup de femmes, tu n'as rien vu venir. Tu étais sincèrement amoureuse, loin de ta famille, et tu es tombée dans le piège d'un prédateur. Ton mari t'a isolée, rabaissée, rendue dépendante économiquement. Il t'a menacée, battue et violée, comme je l'ai appris plus tard. Les conditions étaient réunies pour que tu tombes sous son emprise, et que tu sois incapable

1. www.solidaritefemmes.org

de trouver les ressources financières et psychologiques pour t'en extraire.

Pourtant, ton exemple a été riche d'enseignements, tout comme ta détermination à te bâtir une vie nouvelle, une fois le prédateur hors du foyer. Tu nous as inspiré à Christie et à moi un farouche besoin d'indépendance. Le travail est resté pour nous une préoccupation essentielle, et jamais nous ne dépendrons de qui que ce soit. C'est à toi que nous devons cette ambition.

Pour briser la malédiction du silence, certaines associations se rendent dans les écoles pour sensibiliser les enfants dès le plus jeune âge. Je crois beaucoup en ces actions de prévention, j'ai sincèrement foi en l'éducation. Au-delà des renseignements concrets qu'on peut donner, comme les numéros d'écoute, ces interventions permettent de créer un espace de parole protégé et bienveillant pour laisser émerger les sujets difficiles. Que ce soit en groupe mixte ou genré, on ouvre une discussion supervisée sur les violences domestiques, le harcèlement, le consentement, ou encore les inégalités hommes-femmes. Les enfants doivent se sentir libres de parler, et comprendre qu'il n'y a pas de fatalité dans les situations individuelles : les recours existent et la prise de parole est souvent libératrice. Le silence ne profite qu'aux agresseurs, on ne le dira jamais assez.

Il est primordial d'éduquer les garçons aussi bien que les filles, pour que chacun grandisse dans le respect de l'autre. Au fond, si les gens en viennent à se perdre dans des relations toxiques ou violentes, c'est qu'on ne nous éduque jamais vraiment à l'amour. On ne nous dit pas ce que c'est lorsque nous sommes enfants.

La société patriarcale apprend aux petites filles à être de bonnes compagnes, à développer des qualités qui plaisent aux hommes, à être attirantes, compréhensives, pas contrariantes, à savoir cuisiner, tenir une maison, bref à correspondre à leur vision de la femme. Jamais on ne nous apprend à être nous-mêmes, encore moins à reconnaître l'amour. Alors on s'en fait une idée à travers ce qu'on a sous les yeux : l'exemple de nos parents, mais aussi la télévision, les films et séries qui résument souvent l'amour au drame et à la passion. Le risque, c'est de confondre l'amour avec le désir, la jalousie, la possession et l'obsession, qui peuvent mener certains à commettre des crimes.

J'aurais voulu qu'on m'apprenne plus tôt que l'amour ne se mesure ni aux paroles, ni aux émotions fortes, mais à une multitude de gestes quotidiens, d'attentions guidées par la bienveillance et le désir de prendre soin de l'autre. Comme le dit si bien bell hooks, « l'amour est un acte, pas seulement un sentiment[1]. » L'amour se loge dans ce que nous faisons. Dans la constance rassurante du comportement de notre conjoint. Un partenaire digne de ce nom n'écrase pas l'être aimé, ne fragilise pas son estime de soi pour le tenir à sa merci. Il se réjouit de son bonheur, s'afflige de ses peines. Il est solidaire de son bien-être.

La première fois qu'on m'a réellement parlé d'amour, c'était à travers la religion. Grâce à ma grand-mère, puis au catéchisme, j'ai découvert un idéal d'amour, celui de Jésus.

1. bell hooks, *All about Love : New Visions*, New York, HarperCollins, non traduit en français.

Pur, inconditionnel et désintéressé. Malgré son sacrifice, Jésus nous enseigne de ne pas nous oublier dans la relation : « Aime ton prochain comme toi-même. » Pour moi, c'est une vérité essentielle si on veut comprendre les racines de l'amour. Sans respect ni amour pour soi, on ne peut pas en témoigner aux autres. Je dirais même que, pour aimer quelqu'un, il faut se choisir d'abord. Non pas de façon narcissique, mais s'accepter avec nos limites, reconnaître notre valeur, pour finalement nous responsabiliser. Ce regard conscient sur nous-mêmes, c'est ce qui nous empêche d'accueillir ce qui nous détruit. Et c'est ce qui nous permet de partir quand il est temps.

Remerciements

En premier lieu, je remercie ma mère d'avoir courageusement partagé avec moi ses souvenirs les plus douloureux. Tu as tenu bon tout au long de l'écriture, acceptant de te mettre à nu devant tes proches, et devant des inconnus. J'y vois une vraie force d'âme. En parlant, tu m'as libérée avec toi du poids du silence.

Merci à ma sœur Christie de m'avoir protégée et de veiller sur moi depuis toujours. Tu es mon héroïne, la guerrière de la famille, et ma plus grande source d'inspiration.

À mon père, qui s'est éteint l'an dernier. Merci de n'avoir cessé de voir en ta fille une artiste. Depuis longtemps, tes poèmes ont touché mon cœur et ont éveillé mon désir d'écrire.

Il est des rencontres qui changent le cours de nos vies.

Merci à Dominique Savri, mon agent, d'avoir su voir la femme que je pouvais devenir. Tu m'as guidée avec bienveillance et protégée avec amour, comme une seconde maman. Tu es une bénédiction envoyée par Dieu.

Je remercie également Mickael Carpin, mon styliste, mon frère de cœur, qui a toujours su mêler une grande gentillesse à son talent. Notre rencontre a été un coup de foudre amical et professionnel, et depuis, tu es à mes côté à chaque étape de ma carrière.

Je dois beaucoup à mon équipe, c'est ensemble que l'on réussit et que l'on s'élève.

Merci à Pauline Bonnefoi d'avoir été présente tout au long de ce livre. Merci d'avoir su me comprendre et m'accompagner avec patience.

Tonton Charles, tu fais partie des gens qui m'ont le plus encouragée. Alors que j'étais enfant, encore peu sûre de moi, tu me voyais déjà briller. Ton ambition m'a portée. Merci infiniment.

Merci à ceux qui ont cru en moi tout au long de ma carrière de mannequin. Aux figures inspirantes et aux marques prestigieuses avec lesquelles j'ai eu la chance de travailler. En m'accordant votre confiance, vous m'avez permis de rêver en grand.

Merci à toute l'équipe HarperCollins qui m'a donné la chance d'écrire ce livre et de me dévoiler.

Merci à Alexandrine Piel pour le rôle clé qu'elle a joué dans ce projet.

J'ai une pensée émue pour Michel Levaton, ancien patron de l'agence Metropolitan. Il serait heureux de nous voir continuer d'avancer chaque jour, sous la direction de son épouse.

Je pense très fort à mon frère. J'espère de tout cœur ne pas t'avoir blessé par ce récit. Ta douleur serait la mienne.

Un immense merci à Françoise Brié, directrice de Solidarité Femmes, et à toutes les survivantes qui m'ont donné le courage de parler. C'est avec un cœur rempli de gratitude que je partage ce livre.

Pour finir, je remercie la petite fille que j'étais, cette enfant courageuse et résiliente qui, malgré les épreuves, a toujours su aller de l'avant.

Je suis reconnaissante pour la sagesse et le discernement, pour la force et la vulnérabilité. De la lumière naît l'amour, la confiance. De l'obscurité naissent le courage et l'entraide. Bonnes ou mauvaises, toutes ces expériences m'ont construite.

Composé et édité par HarperCollins France.

Achevé d'imprimer en mai 2022.

FIRMIN-DIDOT

à Mesnil-sur-l'Estrée (Eure)

Dépôt légal : juin 2022.

Pour limiter l'empreinte environnementale de ses livres, HarperCollins France s'engage à n'utiliser que du papier fabriqué à partir de bois provenant de forêts gérées durablement et de manière responsable.

Imprimé en France